A ÚLTIMA CANÇÃO

D. F. JENNINGS

A ÚLTIMA CANÇÃO

© D. F. Jennings, 2023
Todos os direitos desta edição reservados à Editora Labrador.

Coordenação editorial PAMELA OLIVEIRA
Assistência editorial LETICIA OLIVEIRA, JAQUELINE CORRÊA
Projeto gráfico e capa AMANDA CHAGAS
Diagramação ESTÚDIO DS
Preparação de texto MARIANA GÓIS
Revisão BEATRIZ LOPES
Imagens de capa GERADA VIA PROMPT MIDJOURNEY

Dados Internacionais de Catalogação na Publicação (CIP)
Jéssica de Oliveira Molinari – CRB-8/9852

JENNINGS, D. F.
   A última canção / D. F. Jennings
   São Paulo : Labrador, 2023.
   128 p.

   ISBN 978-65-5625-473-9

   1. Ficção brasileira I. Título

23-5805   CDD B869.3

Índice para catálogo sistemático:
1. Ficção brasileira

Labrador

Diretor-geral DANIEL PINSKY
Rua Dr. José Elias, 520, sala 1
Alto da Lapa | 05083-030 | São Paulo | SP
contato@editoralabrador.com.br | (11) 3641-7446
editoralabrador.com.br

A reprodução de qualquer parte desta obra é ilegal e configura uma apropriação indevida dos direitos intelectuais e patrimoniais da autora. A editora não é responsável pelo conteúdo deste livro. Esta é uma obra de ficção. Qualquer semelhança com nomes, pessoas, fatos ou situações da vida real será mera coincidência.

SUMÁRIO

Capítulo 1 | O despertar 7

Capítulo 2 | A descoberta 13

Capítulo 3 | A visita 17

Capítulo 4 | A recuperação 21

Capítulo 5 | O posto avançado 27

Capítulo 6 | Glorinha 31

Capítulo 7 | A reunião 35

Capítulo 8 | A jornada até a Terra 39

Capítulo 9 | O portal 43

Capítulo 10 | A primeira visita 47

Capítulo 11 | De volta ao posto avançado ·············· 55

Capítulo 12 | Trabalhos no posto avançado ············ 59

Capítulo 13 | Robson conta sua história ················ 63

Capítulo 14 | Visita à casa de Angelino ················· 69

Capítulo 15 | A volta de Clara ···························· 75

Capítulo 16 | O reencontro com a mãe ················· 79

Capítulo 17 | Clara recebe os filhos ······················ 83

Capítulo 18 | A mensagem revelada ····················· 87

Capítulo 19 | Mais uma ajuda recebida ················· 91

Capítulo 20 | O Natal ·······································95

Capítulo 21 | A comemoração no posto 5 ············ 101

Capítulo 22 | Encontros e despedidas ················· 105

Capítulo 23 | A chegada de Tonho ····················· 109

Capítulo 24 | Breve conversa com o novo amigo ······ 113

Capítulo 25 | O segredo do portal ······················ 117

Capítulo 26 | A última canção ··························· 121

Epílogo ·· 125

{ CAPÍTULO 1 }

O DESPERTAR

"Lucinda…, Lucinda…", sussurrou Frederico preguiçosamente para acordar a esposa, como fazia todas as manhãs.

Como não obteve resposta, virou-se e esticou o braço para acordá-la com uma leve cutucada.

Eles sempre se levantavam juntos – era o ritual da manhã.

Ao virar de lado, percebeu que estava sozinho na cama.

Será que a Lucinda já se levantou?, pensou ele.

Procurou os óculos na mesa de cabeceira para enxergar melhor, mas não conseguiu achá-los.

Mesmo assim as coisas pareciam estar entrando em foco e ele percebeu que estava num lugar diferente.

Achou que aquele quarto parecia ser de hospital.

Estava um pouco sonolento e não entendia o que estava acontecendo.

"Onde estou? Que lugar é este?", perguntou a si mesmo.

Começou a ficar nervoso, seu coração batia mais forte. Olhou ao redor e notou as paredes verde-claras do quarto. Em frente à sua cama, havia uma porta de madeira e uma janela grande, com uma delicada cortina de *voile* na mesma cor das paredes, que protegia da luz exterior.

Sentou-se na cama para poder observar melhor o local.

Sua cama ficava no centro do quarto, com a cabeceira encostada em uma das paredes e do lado esquerdo de uma porta envernizada, que Frederico deduziu ser a entrada.

O quarto era razoavelmente grande, mas com decoração simples.

A luz intensa vinda de fora parecia ser de um lindo dia de verão.

Será que estou sonhando?, pensou ele, confuso.

Não sabia como tinha ido parar naquele lugar. Queria acordar, mas não sabia o que fazer.

Conseguia se lembrar de que na noite anterior ele e a esposa Lucinda tinham ido ao centro espírita para assistir a uma palestra. A noite estava linda e eles caminharam de volta para casa conversando animadamente e admirando as estrelas.

Ele estava se sentindo feliz. Disse para a esposa como era grato pela vida que tinham juntos.

Frederico e Lucinda Pereira já estavam casados há 43 anos, tinham quatro filhos e quatro netos. A vida foi muito boa para eles até então.

O sábado tinha sido perfeito. Receberam a visita dos filhos Liane e Luiz Felipe com suas famílias. Eles adoravam a visita dos filhos. Sentiam que a casa ficava cheia de energia positiva devido ao entusiasmo dos mais jovens e a alegria das crianças.

Ao chegar em casa depois da palestra, encontraram a filha caçula, Elisa, que morava com eles, e os netos, filhos de Luiz Felipe, que iriam passar a noite de sábado com os avós e a tia.

A noite foi calma e gostosa.

Frederico e Lucinda se recolheram depois de todos, como de costume. Verificaram se todas as portas e janelas estavam fechadas, trancaram a porta da frente, e dirigiram-se pelo corredor comprido que levava até o quarto.

Prepararam-se para mais uma noite e deitaram-se juntos, como sempre faziam. Lucinda começou a ler uma página de um livro espírita ao som de uma música calma para relaxar. Nesta noite estavam ouvindo uma canção de Roberto Carlos.

Aí tudo ficou estranho. De repente, ele sentiu tontura e parecia estar no meio de uma neblina densa. Ouviu as vozes da esposa e da filha Elisa chamando por ele. Queria responder, mas não conseguia.

Neste momento viu uma luz intensa e vultos de pessoas que não conseguia identificar.

Lembrou-se de sonhos confusos que teve naquela noite e ficou um pouco nervoso. Não sabia o que realmente tinha acontecido.

Viu-se numa maca de hospital com sua filha Liane em oração ao seu lado. Depois, parecia estar na sala da casa onde morava, abraçando os familiares.

Lembrou-se de ter entrado num veículo diferente, ajudado por pessoas desconhecidas, enquanto a família na frente da casa se despedia dele com lágrimas nos olhos.

Não se lembrava de mais nada depois daquele sonho estranho. Era como se estivesse acordando naquele momento de um sono pesado.

O que teria acontecido?, pensou Frederico.

Certamente tinha sido um sonho, mas onde estava sua esposa? Lucinda sempre ficava com ele nos hospitais.

Aí começou a prestar atenção naquele quarto. Não havia nenhum aparelho médico. Nada pregado nas paredes.

De repente algo voltou à sua mente. Uma vez, conversando com sua filha Débora, ela mencionou um quarto de hospital espiritual com o qual havia sonhado.

"Pai, hoje tive um sonho que pareceu tão real", disse a filha, à mesa do café da manhã. "Eu estava num lugar que parecia um hospital. Aí entrei em um quarto que tinha paredes verde-água, com uma cortina meio transparente na janela e poucos móveis. Bem simples. Eu estava conversando com uma pessoa que talvez fosse um médico. Não me lembro o que ele disse, mas na hora parecia ser algo muito importante. Aí acordei e não me lembro do resto. As lembranças desapareceram como se fossem fumaça. Muito estranho. Você já sonhou com um lugar assim?", perguntou ao pai.

"Que eu me lembre, não", respondeu ele.

Aquela lembrança o deixou mais nervoso.

Não é possível, pensou Frederico, com o coração batendo aceleradamente. *Eu estava tão bem. Recebi elogios do médico no meu último check-up.*

Beliscou seu braço só para ter certeza. Ficou aliviado por sentir dor.

Frederico tinha operado o quadril no ano anterior. A cirurgia foi bem-sucedida, mas depois de um tempo ele soube que durante o procedimento teve uma breve parada cardíaca. Para alívio dos médicos, seu coração voltou a funcionar e tudo correu bem.

A sua recuperação tinha sido rápida e Frederico em poucos meses já estava andando com a ajuda de uma bengala.

Em dezembro, já estava disposto e pôde aproveitar as festas com a família.

Mas isso não explicava a sua atual situação. Resolveu ir até a janela para ver o que havia do lado de fora.

Tentou se levantar, mas sentiu tontura e decidiu ficar no leito.

Neste momento ouviu alguém batendo na porta e uma voz dizendo: "Com licença."

A porta se abriu e entrou no quarto um moço alto, moreno, de uns trinta e poucos anos, vestido com um uniforme azul-claro, aparentando ser um enfermeiro.

"Bom dia, Frederico", disse ele, com um sorriso.

"Bom dia", respondeu Frederico, um pouco apreensivo.

"Como você está se sentindo hoje?", perguntou o enfermeiro.

"Estou me sentindo bem, obrigado. Você poderia me dizer que hospital é esse?"

"Imagino que você tenha muitas perguntas sobre a sua situação. Vou pedir ao médico que venha vê-lo assim que puder. Eu vim mais para ver se você tinha acordado, se estava bem, e se gostaria de algo para tomar", explicou o enfermeiro, atenciosamente.

"Sim, gostaria, pois estou sentindo um pouco de sede. Muito obrigado", agradeceu.

O enfermeiro então abriu a porta para sair, quando Frederico perguntou o seu nome.

Ele disse: "O meu nome é Luiz", e Frederico respondeu: "O nome do meu filho é Luiz Felipe. Acho que vamos nos dar bem."

O enfermeiro respondeu com um sorriso: "Tenho certeza", e saiu à procura do médico.

{ CAPÍTULO 2 }

A DESCOBERTA

Frederico tentou se levantar novamente. Ainda sentiu tontura, mas desta vez insistiu e se levantou. Ele queria abrir a porta que ficava ao lado da janela para ver o que havia do lado de fora.

Ao chegar lá, afastou a cortina e abriu a porta cuidadosamente. Além da porta, viu um pequeno balcão com uma mesa baixa e duas cadeiras brancas que ficavam ao lado da janela do quarto. Havia uma grade de proteção azul, ostentando lindas flores coloridas em jardineiras de metal. O seu quarto parecia estar no primeiro andar do prédio. Ficou surpreso ao ver um jardim tão grande e bonito. O gramado extenso, as árvores espaçadas e os canteiros com flores coloridas mostravam grande harmonia.

No gramado de um verde intenso, havia algumas mesas brancas redondas com cadeiras ao redor e pessoas sentadas, conversando alegremente. Outros andavam acompanhados por enfermeiros vestidos com uniforme verde ou azul-claro.

Que lugar lindo. Por que será que me trouxeram para cá?, pensou.

Os seus pensamentos estavam a mil. Não entendia o que estava acontecendo.

Além de tudo o que sentia, notou que estava enxergando sem a necessidade dos óculos, que não conseguiu encontrar em lugar nenhum.

Frederico era moreno, de estatura média, cabelos grisalhos e crespos. Ele usava óculos desde a infância, mas naquele momento estava conseguindo ver tudo com clareza. Isso o intrigou.

Após alguns minutos, ouviu alguém bater na porta e pedir licença. Um homem vestido de branco entrou no quarto.

"Bom dia, Frederico, meu nome é Mario. Eu sou o médico responsável por você. Como você está se sentindo?", saudou alegremente.

"Bom dia, doutor Mario. Estou sentindo um pouco de fraqueza, mas fora isso, estou bem."

Mario era um homem alto de cabelos e olhos castanhos, que falava alto e com energia.

Para Frederico, sua presença já o fazia sentir mais forte e, por isso, aproveitou para perguntar: "O senhor poderia dizer o que aconteceu comigo?"

O médico olhou Frederico nos olhos e disse: "Quero ser honesto e direto porque sei que você tem conhecimento o suficiente para entender o que eu vou dizer. Imagino que você deva ter notado que as coisas são diferentes neste local onde estamos."

"Sim, este lugar parece muito melhor do que os hospitais a que estou acostumado. Além do mais, estou sozinho. Minha esposa sempre fica comigo. Por favor, me diga o que está acontecendo", perguntou Frederico, ansioso por uma explicação.

"Você está certo nas suas suspeitas, Frederico. Este não é um hospital comum. Você não está mais no plano físico."

Naquele momento Frederico sentiu seu mundo desabar. Ficou atônito e demorou alguns segundos para conseguir falar alguma coisa.

Vários pensamentos passaram por sua cabeça.

Mas como? Eu estava me sentindo tão bem. O que farei agora? E a minha família?, pensava consigo mesmo.

Lembrou-se do episódio da noite anterior, mas não achou que tinha sido tão grave assim. Sentiu o coração acelerado e um pouco de tontura. Precisou se sentar.

O médico segurou seu braço e o ajudou a voltar para a cama: "Calma, Frederico, eu vou te explicar o que aconteceu. Mas primeiro preciso saber do que você se lembra."

Frederico conseguiu se acalmar um pouco com a ajuda do médico e relatou com detalhes tudo o que se lembrava da noite anterior.

Mario ouviu com calma e continuou explicando o que havia acontecido do lado espiritual.

"Frederico", disse o médico com um sorriso, "naquele momento em que você sentiu tontura e ouviu as vozes chamando o seu nome, você já estava se desprendendo do corpo físico. Tudo aconteceu rapidamente, como havia sido planejado para você. Cada um tem um plano, e este era o seu."

"Mas como assim? Eu sabia que isso ia acontecer?", perguntou Frederico, confuso.

"Claro. Mas a nível inconsciente. Na verdade, amigos do passado intercederam por você, pedindo que você tivesse a oportunidade de reunir a família pela última vez no Natal. O seu tempo na Terra já havia terminado. Sua volta deveria ter sido na época em que você fez a operação do quadril", explicou Mario, com paciência.

"Meu Deus! É muita coisa para eu digerir. Tenho tantas perguntas. Quem são esses amigos que intercederam por mim?", perguntou, ansioso.

"No momento só posso dizer que são amigos de outros tempos. Você ajudou alguém que eles amam muito e eles quiseram mostrar a imensa gratidão que têm por você. No Natal anterior você não estava tão bem, por isso esses amigos pediram para que você tivesse a chance de passar um último Natal junto à família antes da sua partida. Eles sabiam o quanto isso era importante para você. Tudo o que fazemos de bom, por menor que seja, tem uma grande repercussão em nossa vida", continuou Mario, "Você saberá no devido tempo."

Frederico ficou emocionado com a revelação e ao mesmo tempo grato pela ajuda desses amigos.

Neste momento entrou o enfermeiro no quarto trazendo um prato de sopa para o paciente.

"Agora você deve se alimentar e descansar um pouco. Teremos tempo para tudo. Voltarei mais tarde para te ver."

Frederico agradeceu ao médico e ao enfermeiro, e sentou-se para tomar a sopa.

E, assim, Mario e Luiz se despediram e o deixaram fazer sua refeição em paz.

Frederico terminou de tomar a sopa, deitou-se e acabou adormecendo com a cabeça cheia de pensamentos e perguntas.

{ CAPÍTULO 3 }

A VISITA

Quando acordou, Frederico notou a claridade da janela e o cantar dos pássaros, anunciando um novo dia.
Parecia que havia dormido profundamente por um longo tempo.

Logo recebeu a visita do enfermeiro Luiz, que veio saber como estava o paciente e trazer uma refeição leve.

"Bom dia, Frederico. Como você está hoje? Imagino que o sono reparador deva ter melhorado o seu nível de energia", disse o enfermeiro, alegremente.

"Com certeza, Luiz. Agradeço muito por todo o cuidado que vocês estão tendo comigo", respondeu Frederico.

Depois da refeição da manhã, recebeu a visita do doutor Mario, que veio examiná-lo.

O médico entrou no quarto e cumprimentou Frederico com um sorriso.

"Bom dia, Frederico. Parece que você estava precisando de um bom descanso."

"Bom dia, doutor", respondeu Frederico, um pouco mais animado.

Frederico sentia-se bem melhor desde o dia anterior. O sono reparador, sem dúvida, tinha ajudado. Fora o choque com a descoberta da sua situação, ele estava se sentindo bem.

"Frederico, a sua recuperação está indo bem. Estou contente com o seu progresso", disse Mario após o exame. "Tem uma pessoa esperando desde ontem para te ver. Posso mandá-la entrar?", completou.

"Claro", disse Frederico. "Estou curioso. Quem será a minha primeira visita?"

O médico disse apenas que pediria para a pessoa entrar e saiu do quarto.

Após a saída do doutor Mario, entrou um homem moreno, de meia-idade, estatura média e cabelos crespos grisalhos, vestindo um terno bege muito alinhado.

Frederico se encheu de alegria ao ver seu pai, saudável e bem mais moço do que na última vez que haviam se encontrado.

Angelino havia voltado à pátria espiritual há muitos anos, quando os netos ainda eram crianças.

"Papai, que saudades!", disse Frederico, emocionado.

Neste momento ele sentiu os olhos cheios de lágrimas e se lembrou da época da partida de seu pai. Os pensamentos passavam em sua mente com uma rapidez incrível. Lembrou da filha Débora, com seis anos na época, perguntando: "Pai, por que você está chorando?", ele a abraçou e respondeu: "Tem hora que a gente não consegue segurar, filha."

E era isso que estava acontecendo naquele momento. Ele não conseguiu segurar a emoção e as lágrimas correram livremente.

Pai e filho se abraçaram por algum tempo.

"Que bom que o senhor veio me receber. O senhor sabe o que aconteceu comigo?"

"Claro, filho", respondeu o pai, também emocionado. "Nunca os perdi de vista. Estou sempre com vocês."

"Eu não imaginava voltar tão cedo para cá. Gostaria de ver meus netos crescerem", disse Frederico, ainda com os olhos cheios de lágrimas.

"Você vai ter esta oportunidade, só que de uma forma diferente do que pensava. Cuidando de longe. Nós nunca nos separamos daqueles que amamos", explicou Angelino ao filho.

"Eu ainda não me acostumei com a ideia de ter partido da Terra. Não parece real", Frederico continuou.

"Eu sei, filho. Todos nós passamos por isso. Você precisa de tempo. Logo tudo vai parecer normal e você vai se acostumar com a nova situação", disse o pai no intuito de consolar o filho.

"E a Lucinda, como está?", perguntou Frederico, ansioso.

"Ela está bem, assim como toda a família. Estamos recebendo muita ajuda de amigos e familiares daqui que estão colaborando para que tudo corra bem", explicou Angelino. O seu sogro já foi visitar a filha e os netos apesar de ainda estar ajudando na recuperação da esposa recém-chegada.

"Nossa! É verdade. A dona Aurora também acabou de partir", disse Frederico preocupado com a sogra. "Como ela está?"

Eles sempre tiveram um ótimo relacionamento e se davam muito bem.

"Ela está sendo bem assistida pela família e pelo seu Jair. Logo vocês poderão se encontrar também."

"Que bom. Fico contente. Eles foram ótimos sogros e sempre nos ajudaram. Gostaria de vê-los assim que possível. E a mamãe?", perguntou Frederico, ansioso. "Ela sabe o que aconteceu?"

"Não. Os seus irmãos preferiram não contar para ela. Eles têm a minha bênção. A situação é delicada", disse Angelino. "A sua mãe também está com a viagem marcada de volta para cá. Ela vai estar conosco em breve e essa é uma das tarefas para a qual precisamos da sua ajuda."

Frederico respondeu rapidamente: "Claro, pode contar comigo. Só gostaria de saber onde estamos. Parece que é um hospital. Estamos em uma cidade espiritual?"

"No momento, você está internado no hospital do posto avançado que pertence à cidade espiritual onde vai residir futuramente. O nome da nossa cidade é Novo Amanhecer e este é o posto avançado 5", Angelino explicou.

Com isso, Frederico se acalmou um pouco, pois sempre pensava em como seria recebido do outro lado.

Angelino terminou a visita dizendo ao filho que tinha que voltar para suas tarefas, mas que logo voltaria para vê-lo.

"Filho", disse ao se despedir, "estarei sempre em contato com você pois vamos trabalhar juntos na sua primeira tarefa desta nova etapa. Fique com Deus e até breve."

"Até breve, papai. Obrigado pela visita", respondeu Frederico.

{ CAPÍTULO 4 }

A RECUPERAÇÃO

Após a visita de Angelino, o enfermeiro Luiz entrou no quarto e perguntou: "Frederico, hoje você gostaria de participar da oração do crepúsculo? Tenho certeza de que vai acelerar ainda mais a sua recuperação."

"Gostaria muito", respondeu, entusiasmado. "Já tinha ouvido falar dessa prece feita pela governadoria das colônias, mas não tinha certeza se era verdade."

"Essa oração é muito importante e todos nós participamos, pois os benefícios são visíveis. Ficamos ligados com a governadoria da nossa colônia e recebemos suas vibrações elevadas. O valor da prece é incalculável. Podemos participar da sacada do seu quarto, pois a tela que transmite a prece é visível daqui também. Quando você estiver melhor, nos juntaremos aos outros no jardim do hospital."

Frederico tinha grande expectativa sobre a tão famosa prece do crepúsculo. Tinha lido sobre isso na literatura espírita, e estava contente em poder participar. Sabia o valor da prece e achava que seria uma bênção nessa nova fase.

A oração foi muito melhor do que Frederico poderia ter imaginado. Acompanhado por Luiz, seguiu até a porta que direcionava para a sacada e a abriu vagarosamente, como se estivesse esperando uma surpresa. Desceram o pequeno degrau e chegaram perto da grade onde as flores coloridas brilhavam com a luz do sol do crepúsculo.

Começou a ouvir uma música celestial que não se comparava a nada que tinha ouvido antes.

Viu uma tela aparecer no jardim do hospital como se estivesse flutuando na altura das árvores mais altas.

Uma luz dourada começou a brilhar na tela e logo eles conseguiram ver um templo onde algumas pessoas olhavam para o alto em prece. Não reconheceu ninguém, mas sabia de seu adiantamento pela intensidade da luz de suas auras.

A prece foi feita pela pessoa que estava no centro daquele grupo especial e seus efeitos foram incríveis.

Após a prece, Frederico se sentiu tão bem que não conseguia explicar. Estava cheio de energia, como se tivesse vinte anos.

Agradeceu a Luiz por tê-lo avisado e desde então participou da oração do crepúsculo todos os dias.

Frederico continuou com sua recuperação, se alimentando, fazendo caminhadas e tendo reuniões com os mentores da casa. As preces também faziam parte do seu ritual diário. Tudo isso estava lhe fazendo muito bem.

Aproveitou para fazer amizades com outros pacientes que estavam passando por situações semelhantes à dele. Ele sempre foi uma pessoa muito aberta e tinha facilidade em fazer amizades. Acabou se tornando uma espécie de monitor do grupo devido à sua personalidade e conhecimento do Espiritismo.

Já estava trabalhando na biblioteca do hospital e ajudando alguns colegas a interpretar os livros espíritas e de filosofia, que tanto gostava.

Apesar de estar com a mente sempre ocupada, não conseguia parar de pensar na família.

Como estarão todos? O que será que estão pensando? Será que estão sentindo a minha falta?, essas eram as perguntas que fazia a si mesmo diariamente.

Durante este tempo de recuperação, recebia mensagens diárias do pai, que o visitava sempre que podia. Ele adorava receber a visita de Angelino, pois isso o fazia sentir mais próximo da família. Esperava ansiosamente por cada encontro com ele.

Angelino se lembrava do que tinha passado na sua chegada ao plano espiritual e queria ajudar o filho o máximo que pudesse.

Numa dessas visitas, pai e filho observavam calmamente o lindo pôr do sol no jardim do hospital. Sentados em cadeiras estofadas que ficavam ao redor de uma mesa redonda de metal pintada de branco, eles conversavam sobre suas experiências.

"Frederico", disse Angelino, "a minha volta foi bem diferente da sua. Eu já sabia que estava com os dias contados e não foi nenhuma surpresa quando acordei aqui. Isso não quer dizer que foi fácil. Senti muito ter deixado vocês. Assim como você, deixei meus netos ainda crianças. Eles eram motivo de grande alegria para mim. Tive uma sensação enorme de perda."

"Nossa, papai. Nunca imaginei que fosse assim. Quando estamos encarnados, achamos que os que partem primeiro não sentem tanto quanto os que ficam, mas parece que estou sentindo tanta falta da minha família. Será que eles estão sentindo ainda mais do que eu?", perguntou Frederico, cabisbaixo.

"Filho, não podemos medir sentimentos. Cada um sente do seu jeito. Não dá para saber quem está sentindo mais", explicou Angelino.

"Verdade. Isso faz sentido. É que nós sempre achamos que a nossa dor é a maior. Preciso aprender a ver a situação por ângulos diferentes", disse Frederico.

"Os mentores espirituais sempre nos ajudam, principalmente em situações difíceis. Você não se lembra de ter agido em alguma situação e depois nem saber como teve certas ideias?", continuou Angelino.

"Claro", respondeu Frederico. "Isso tem a ver com os nossos mentores?"

"Certamente", respondeu Angelino. "A Providência Divina é perfeita e sempre nos ajuda a achar o caminho certo nas horas difíceis. Além disso, os momentos difíceis não são eternos. Pouco tempo depois que cheguei aqui, fiquei sabendo que a sua irmã Eleonora havia encontrado o futuro marido. Até colaborei no planejamento de reencarnação de dois espíritos queridos que voltaram como meus netos. Isso me trouxe muitas alegrias, pois sabia que a vida da nossa família estava mudando para melhor."

Continuaram conversando e trocando ideias por um bom tempo.

Frederico sentiu-se confortado e cheio de esperança, aprendendo com as experiências do pai.

No meio da conversa, Frederico sentiu uma emoção forte, como se fosse atraído para um lugar diferente. Teve uma visão. Viu sua filha Débora em seu quarto, sentada na cama com as pernas cruzadas, como se estivesse em meditação. Conseguia ouvir o barulho das ondas do mar que tocava no seu aparelho de som e a voz da filha, que orava por ele. Após os pedidos para que Deus protegesse seu pai, ela começou a conversar mentalmente com ele, e Frederico conseguia ouvir o que ela estava dizendo.

"Pai, você se lembra da última vez que vimos o mar juntos? O dia estava lindo e nós tínhamos acabado de almoçar num restaurante na avenida da praia e decidimos dar uma olhada no mar. Aquela praia sempre nos trazia boas lembranças e por um momento nós ficamos quietos só observando o movimento das ondas. Senti que você estava fazendo uma prece. Foi um momento muito especial para mim. Você se lembra?"

"Claro que me lembro. Foi um momento especial para mim também", respondeu Frederico mentalmente com naturalidade, como se estivesse na presença da filha.

De repente, uma janela dimensional se abriu e ele teve a impressão de que a filha estava olhando para eles.

Foi rápido, mas real. A moça viu, em sua tela mental, o pai e o avô sentados ao redor da mesa naquele jardim espiritual. Angelino sempre com uma ótima postura, bem-arrumado com seu terno claro e chapéu, e Frederico um pouco cabisbaixo com roupas que ela se lembrava de tê-lo visto no passado, camisa xadrez e calça cinza de alfaiataria. Sua bengala estava ao lado, apoiada em uma das cadeiras.

Aquela visão foi tão inesperada que a filha de Frederico se assustou e acabou interrompendo a conversa mental, causando a perda da conexão entre os dois. Apesar disso, Frederico sentia como se tivesse falado direto com a filha.

"Papai, você acha que a Debora nos viu? Senti que ela estava olhando para nós. Pareceu tão real. Será que isso é possível?", perguntou a Angelino.

"É possível, sim. Também senti que ela nos viu. Foi um momento rápido, mas real", respondeu Angelino. "Ainda não entendemos totalmente os contatos entre nós e os encarnados, mas acontecem regularmente. Quando estamos encarnados não acreditamos que isso seja possível e achamos que são frutos da nossa imaginação. Talvez para ela esse episódio pareça parte de um sonho, apesar de ter sido real para nós."

Mesmo assim, Frederico sentiu que havia recebido uma bênção de Deus por ter conseguido ver sua filha. Sentiu que aquele momento, observando o mar, tinha sido o último momento especial que haviam partilhado e ficou grato por isso.

Frederico estava progredindo em sua recuperação e sabia que logo deixaria o hospital.

A próxima visita de Angelino confirmaria a sua "alta".

Dessa vez, o pai disse que tinha vindo para levá-lo a uma acomodação temporária, onde ficariam por algum tempo. Eles precisavam ficar mais perto da Terra durante aproximadamente um ano antes de prosseguirem para a residência definitiva.

Frederico estava bem melhor e mais confiante em sua nova condição, por isso sentia-se pronto para iniciar seu primeiro trabalho no plano espiritual.

Recebeu alta do hospital e despediu-se com abraços de seus novos amigos, principalmente Mario e Luiz, que haviam cuidado dele tão bem.

Já estava sentindo saudades de todos, porém não era uma despedida permanente.

"Nos vemos em breve", disse o médico Mario.

"Muito obrigado por tudo", disse Frederico e partiu com Angelino.

Pai e filho, acompanhados pelo enfermeiro Luiz, entraram em um dos elevadores transparentes do hospital que os transportou até a área térrea do prédio.

Lá eles se despediram de Luiz, que disse: "Até mais, Frederico. Desejo muito sucesso no seu primeiro trabalho no plano espiritual. Até mais, Angelino. Sigam com Deus. Logo nos veremos."

Frederico e Angelino agradeceram mais uma vez e seguiram para a porta de saída.

{ CAPÍTULO 5 }

O POSTO AVANÇADO

Esta era a primeira vez que Frederico deixava o hospital. Ao saírem pela porta da frente, ele notou que estava numa avenida que levava até uma praça.

Angelino explicou que, como o posto era pequeno, eles não precisariam de condução. Poderiam tomar uma das saídas da praça que levaria até a parte residencial, onde ficava a casa de sua amiga, Glorinha.

Frederico estava admirado com o que via. Não imaginou que este posto avançado fosse tão bonito.

Árvores frondosas dos dois lados da avenida e muitos canteiros de flores deixavam o local colorido e cheio de vida.

Além disso, a limpeza era de chamar a atenção.

Quando passaram pela praça principal, ele se lembrou de sua juventude e das noites de sábado em que costumava passear com os amigos. Ele adorava as noites de sábado. Nunca imaginou que seria o fim de sua etapa. *Que ironia do destino*, pensou tristemente.

"Filho, seja mais positivo com relação à sua situação. Nós tivemos e estamos tendo muita ajuda para que tudo corra bem com você e com a nossa família na Terra. Temos que cultivar bons pensamentos, pois não queremos atrapalhar a recuperação dos que ficaram", avisou Angelino. Frederico ficou surpreso, mas Angelino continuou: "Lembre-se de que aqui os pensamentos são como palavras, por isso temos que ser mais vigilantes."

"Sim, papai, desculpa. Ainda não estou acostumado com a minha nova situação", disse Frederico, um pouco envergonhado. "Sei que há muitas pessoas nos ajudando e sou grato por isso."

Após esta conversa, Frederico começou a se concentrar na beleza do local, nos canteiros de flores, nas árvores enormes e cheias de folhas com variados tons de verde, e na leve brisa que acariciava o ambiente. Com isso, se sentiu melhor. *Pensamentos positivos funcionam mesmo*, pensou, esboçando um sorriso no rosto.

"Realmente essa praça me faz pensar no passado. Mas são boas lembranças", disse Frederico.

"Eu sei, filho. Entendo o que você está passando, pois tive experiências muito semelhantes. Também precisei de pessoas que me lembraram da ajuda constante que recebemos do alto e dos que estão mais próximos de nós", Angelino explicou. "Preste atenção neste lugar onde estamos. Esta é a praça principal do posto avançado 5. Como você vê, a praça é circular, com cinco saídas que levam a avenidas largas, com árvores e canteiros de flores dos dois lados. Cada uma leva a uma área diferente. Uma dessas saídas leva ao hospital de onde saímos. As outras quatro levam para a área residencial, área de administração e aprendizado, área de meditação e área de segurança."

Frederico observou o local, pensativo. Estava achando tudo maravilhoso.

No centro da praça havia uma linda fonte que jorrava água com um leve brilho dourado. Ao redor da fonte, num canteiro oval, havia flores plantadas em círculo, nas cores do arco-íris.

Os canteiros espalhados pela praça tinham flores de várias cores plantadas em grande harmonia.

A praça estava movimentada. Algumas pessoas pareciam estar apenas transitando, assim como eles, e outras trabalhavam na manutenção ou na reposição das plantas deixando tudo perfeito.

Angelino sabia que Frederico tinha muitas perguntas, assim como ele teve quando deixou a Terra. "O que está achando do nosso posto avançado?"

Frederico respondeu, entusiasmado: "É muito mais bonito do que eu imaginava. Eu li vários livros descrevendo as cidades espirituais, mas não tinha ideia de que seria assim. As cores dos jardins fazem eu me sentir mais alegre."

"Os jardins são sempre organizados com um propósito. Cada planta e cada cor é colocada neste jardim para inspirar pensamentos positivos nos moradores. Nada aqui é por acaso", explicou Angelino ao filho.

"Que maravilha. Normalmente não temos noção de todo o trabalho que existe para que as coisas aconteçam como devem. Achamos que tudo acontece por acaso", comentou Frederico.

"Notei também que não há ervas daninhas nos jardins. Tudo parece perfeito", continuou, entusiasmado.

"Filho, as ervas daninhas não existem porque todas as criações de Deus têm um propósito. Aqui nós sabemos a função de cada planta e elas são usadas com responsabilidade. Algumas são chamadas de ervas daninhas na Terra simplesmente porque ainda não entendemos suas funções. Um dia saberemos e, assim como aqui, essas plantas serão consideradas úteis também", explicou Angelino.

Frederico fazia muitas perguntas e Angelino pacientemente respondia a todas.

Assim eles prosseguiram pela avenida, que levava até a área residencial, logo avistando as primeiras casas. Até aquele momento, tudo parecia muito com as áreas residenciais do planeta de tempos atrás.

As casas se assemelhavam ao estilo brasileiro do início do século XX, com jardins na frente, mas sem portão de entrada. Não eram todas iguais, como ele havia pensado no passado. Cada casa tinha cor e estilo ligeiramente diferente, mas sempre com uma aparência acolhedora. As janelas eram grandes, mas sem grades.

Frederico voltou ao seu tempo de infância.

Lembrou-se da casa da avó, aonde iam quase todos os dias para o café da tarde e a conversa costumeira.

Estava perdido em seus pensamentos quando ouviu o pai dizer: "Chegamos."

Estavam em frente a uma casa pintada de branco com portas e janelas em azul-claro. O jardim da frente tinha um pequeno gramado dividido ao meio por dois canteiros de margaridas brancas cercando o caminho que levava até a porta.

E ao lado da linda porta emoldurada com rosas brancas, Glorinha já os esperava com um sorriso no rosto.

{ CAPÍTULO 6 }

GLORINHA

Glorinha não era conhecida de Frederico por fazer parte de um passado mais distante, mas sua tia Adelina já tinha contado algumas histórias sobre ela. Elas foram muito amigas no tempo em que a família vivia em Redenção da Serra, e Glorinha era uma das frequentadoras assíduas da casa da família Pereira naquele tempo.

A senhora que os recebeu aparentava uns cinquenta anos, estatura baixa, cabelos castanhos curtos, repartidos ao meio, seguros com presilhas dos dois lados e muito sorridente. Tinha um estilo que o lembrava de sua tia Adelina. Blusa branca de manga três quartos, com botões na frente e usada por dentro da saia reta xadrez preta e branca, que ia até o joelho.

Ela veio na direção dos dois e abraçou Angelino, dizendo: "Que bom te ver, Lino, como você está?"

"Estou muito bem, obrigado, Glorinha! E vocês, como estão?"

"Graças a Deus, tudo está correndo bem", respondeu Glorinha com alegria, abraçando Frederico também.

"Prazer, Frederico. Eu ouvi falar muito de você, mas nunca nos encontramos pessoalmente. Sejam bem-vindos à nossa casa."

Frederico a abraçou também, dizendo: "O prazer é todo nosso. Obrigado por nos receber."

"Imagina", disse Glorinha, entusiasmada. "Nossas famílias são amigas há muito tempo. Vamos entrando."

Pai e filho entraram pela porta da frente, que dava para a sala de visitas. Frederico observou as paredes brancas com algumas fotos de pessoas sorridentes, como Glorinha, um sofá marrom, duas poltronas da mesma cor e uma mesa de centro que tinha uma bandeja com uma jarra e quatro copos. Na jarra havia um líquido que parecia limonada.

A janela da sala era grande, deixando a luz de fora entrar facilmente iluminando o ambiente. Perto da janela havia um móvel de madeira escura, igual ao da casa dos pais de Frederico, onde ficavam guardadas louças, peças de vidro e alguns porta-retratos.

Frederico logo se identificou com a casa e teve um déjà-vu de já ter estado lá ou em algum lugar parecido.

Glorinha pediu a eles que se sentassem e disse que ia buscar o seu marido, José, que estava na casa com ela.

Voltou acompanhada de um homem que aparentava a mesma idade da esposa, um pouco mais alto, também com cabelos castanhos e vestido com calça cinza e camisa branca.

Eles se cumprimentaram.

José se apresentou para Frederico: "Muito prazer, Frederico. Por favor, me chame de Zé."

"Muito prazer, Zé", respondeu Frederico.

"Nós dois estamos neste posto avançado para ajudar o nosso filho caçula, que ainda está na Terra. Os nossos guias estão nos auxiliando muito com instruções e conselhos para que tudo seja feito da melhor maneira possível. Somos gratos por isso", explicou Glorinha.

Zé fez um gesto com a cabeça concordando com a esposa e disse: "O nosso filho caçula está terminando a sua etapa na Terra e estamos nos preparando para recebê-lo. Nós entendemos o que vocês estão passando e queremos ajudá-los. Vai ser um prazer tê-los conosco até que vocês terminem este trabalho."

Angelino e Frederico agradeceram mais uma vez pela maneira acolhedora com que estavam sendo recebidos.

Zé continuou: "Para conseguir esta graça, estamos prestando serviço neste posto avançado em trabalhos na área de educação infantil. Existem muitos espíritos que retornam à pátria espiritual ainda em tenra idade e precisam de amparo. Trabalhamos com as crianças e com pais e mães que vêm até aqui durante o sono físico para ficar ao lado de seus filhos. É um trabalho necessário para as crianças e para as famílias."

Frederico estava impressionado em conhecer o esforço que havia no plano espiritual para ajudar cada pessoa e de como a nossa ajuda a alguém poderia beneficiar até mesmo os nossos entes queridos.

"É um sistema muito complexo. Não consigo imaginar como funciona de forma tão perfeita", comentou Frederico.

Glorinha dirigiu-se a ele explicando: "Verdade, Frederico. Por exemplo, nós tivemos três filhos homens. Os dois mais velhos já voltaram para cá e estão trabalhando na mesma colônia que habitamos. Para nós, isso é uma grande bênção. Agora estamos ajudando o nosso caçula, Antônio, ou Tonho, como o chamamos, para que ele faça uma transição fácil e rápida. Os nossos amigos e familiares nos ajudam com suas preces e vibrações positivas. Apesar de estarmos distantes fisicamente, estamos próximos em espírito. Tudo o que fizemos de bom no passado ou agora, por menor que seja, se transforma em crédito que um dia vem nos beneficiar. O Universo é maravilhoso."

Depois de uma conversa sobre o passado e as experiências da chegada ao plano espiritual, Angelino e Frederico foram levados até seus aposentos.

Eles ficariam juntos num quarto amplo, também com paredes brancas e móveis de cor escura que se assemelhavam aos móveis que Frederico costumava ver em casas antigas. Havia duas camas grandes com lençóis brancos e aparência confortável, duas cadeiras, um armário com espelho na frente, uma escrivaninha e uma estante de livros.

"Espero que vocês fiquem bem acomodados. Eu e o Zé temos que voltar ao nosso trabalho, mas nos veremos novamente quando vocês tiverem descansado", explicou Glorinha ao se despedir dos dois.

Pai e filho agradeceram aos amigos mais uma vez.

Após a despedida, Angelino sentou-se em uma das camas e disse ao filho: "Temos que conversar sobre os próximos passos. Trabalharemos com nossos mentores que vão nos auxiliar nesta tarefa." Continuou, emocionado: "Filho, estou muito feliz por estar trabalhando com você."

Frederico respondeu com os olhos cheios de lágrimas: "Eu também, papai."

Ele olhou aquele quarto, que se assemelhava ao quarto que havia partilhado com o irmão mais velho, Evandro, enquanto era solteiro, e pensou: *Este vai ser o meu lar por aproximadamente um ano.*

Tudo ainda parecia um sonho do qual ele poderia acordar a qualquer momento...

{ CAPÍTULO 7 }
A REUNIÃO

Após o descanso, pai e filho começaram o dia com uma refeição com Zé e Glorinha.
Sentaram-se à mesa, onde foram servidas bebidas reparadoras como preparação para o trabalho que iriam iniciar.

Fizeram uma oração de agradecimento pelas bênçãos recebidas e depois conversaram sobre os trabalhos feitos no posto avançado.

Frederico ficou admirado ao ouvir a complexidade do plano espiritual. Não imaginava a extensão do planejamento e do trabalho envolvido para que as mínimas coisas funcionassem devidamente. Achou uma maravilha e sentiu-se privilegiado por participar de algumas tarefas.

Angelino explicou ao filho que teriam uma reunião com o grupo espiritual que iria ajudá-los na transição de sua mãe, Clara.

Frederico estava um pouco inquieto e não conseguia parar de pensar nisso.

Será que eu vou ter que explicar para minha mãe que já estou no plano espiritual? Que Deus me ajude para que tudo dê certo, pensava, imaginando como seria a conversa.

Vendo a inquietação do filho, Angelino disse: "Frederico, nós teremos toda a ajuda necessária para que esse plano seja bem-sucedido. Lembre-se do que acabamos de conversar. Aqui tudo é meticulosamente planejado e executado. Tenhamos confiança."

"Obrigado, papai. Às vezes eu me esqueço de onde estou", disse Frederico, um pouco acanhado.

Após a refeição matinal, pai e filho se dirigiram à área de aprendizado, onde teriam a reunião com o grupo espiritual com o qual iriam trabalhar.

Saíram de casa em direção à praça, pois todas as áreas eram ligadas a ela.

Aquele local parecia maravilhoso para Frederico. O céu estava azul, as ruas estavam cheias, com as pessoas se dirigindo aos trabalhos do dia, e as árvores e flores estavam brilhando com a luz do sol. Aquilo fazia com que ele sentisse uma vontade imensa de fazer o melhor trabalho que pudesse por sua família.

"Papai, o ambiente espiritual daqui me inspira a dar o melhor de mim e trabalhar para o bem de todos. É uma pena que não seja assim na Terra", disse Frederico, filosofando como de costume.

"Verdade, filho", respondeu Angelino. "Na Terra existem pessoas em vários graus de evolução, por isso o ambiente não é tão harmonioso quanto o daqui. Por outro lado, devemos lembrar que podemos também encontrar pessoas por lá bem mais evoluídas do que nós, as quais não conseguiríamos encontrar aqui tão facilmente. As experiências na Terra são necessárias para o nosso aprendizado, e um dia o nosso planeta será harmonioso também. Temos de lembrar que Jesus está no leme."

Após a caminhada, em que Frederico aproveitou para fazer mais perguntas sobre o local, pai e filho chegaram a um prédio razoavelmente grande, com paredes externas de vidro que pareciam refletir uma luz brilhante bem suave. O prédio era rodeado por um canal com água cristalina e alguns canteiros de flores de cores diversas. Havia uma pequena ponte sobre o canal que levava até a porta principal.

Ao entrarem no prédio, foram recebidos por um casal que parecia estar esperando por eles e logo se apresentaram aos recém-chegados.

"Bom dia, Angelino. Bom dia, Frederico. Sejam bem-vindos ao edifício Eurípedes Barsanulfo. Meu nome é Dirceu e essa é nossa irmã, Dulce."

Pai e filho responderam aos cumprimentos dos novos amigos e logo foram convidados a acompanhá-los até uma sala de reuniões.

Chegaram a uma sala grande, porém aconchegante, onde havia uma mesa com seis cadeiras e algumas estantes com livros.

Os novos amigos os acompanharam gentilmente até a mesa e pediram para que se sentassem.

Dirceu era um homem bem alto, de cabelos castanhos e pele morena. Era sorridente, assim como Frederico. Transmitia confiança e autoridade, e falava como se fosse um orador experiente.

Dulce tinha estatura média, tinha pele clara e falava com doçura. Também transmitia confiança, mas com um certo carinho, como se fosse aquela tia favorita.

Eles começaram a reunião com uma prece de agradecimento à providência divina pela constante ajuda e pedindo para que fossem intuídos a fazerem as melhores escolhas para a atual tarefa.

Dirceu disse: "Angelino, nós recebemos o seu pedido de ajuda para este período de transição em que a sua família se encontra. Recebemos também mensagens de amigos fazendo pedidos intercessores por vocês. Isso sempre ajuda."

Dulce completou: "Neste primeiro ano de Frederico em nosso posto, faremos um trabalho de ajuda ao grupo familiar para que todos se adaptem à nova situação, além de preparar Clara para a sua partida."

Frederico estava ansioso para saber como ajudar.

Ele sempre fora a pessoa que ajudava todos na resolução de problemas e por isso queria começar a tarefa imediatamente.

Entendendo a situação, os dois amigos espirituais explicaram que havia um plano de ação que se iniciaria com reuniões e visitas às casas da família Pereira, onde moravam sua mãe e irmãos, e à sua própria casa na Terra.

Toda a família estaria presente e haveria tempo para explicações e despedidas de forma apropriada. Eles seriam sempre acompanhados pelos mentores espirituais para que o plano fosse cumprido corretamente.

"Frederico, começaremos com uma visita à sua casa, hoje à noite, durante o sono dos encarnados. Sua esposa, filhos e netos participarão desta reunião", acrescentou Dulce.

"Vamos explicar a dinâmica a vocês para que tudo seja perfeito", explicou Dirceu.

E, assim, pai e filho recebem a orientação de seus mentores para realizarem a primeira parte da tarefa.

Para Frederico, seria a primeira visita à Terra depois de sua partida. Apesar de fazer somente alguns meses, sentia que estava separado da família há muito tempo. A sensação de não mais pertencer àquele local era forte e seus pensamentos estavam acelerados, imaginando como seria o reencontro.

Como será a emoção de voltar à nossa casa? Como estarão a Lucinda e nossos filhos? Vou ser bem recebido por todos?, pensava com o coração palpitante.

{ CAPÍTULO 8 }

A JORNADA ATÉ A TERRA

Frederico e Angelino foram instruídos sobre como aconteceria a primeira visita à família.

Ela seria realizada à noite, durante o sono dos encarnados, na residência onde Frederico tinha passado os seus últimos trinta anos de vida.

Aquela casa parecia ter uma magia, uma aura especial.

Frederico e Lucinda haviam se mudado para lá quando os filhos eram crianças.

Comemoraram aniversários, casamentos, bodas, natais e festas com toda a família naquela sala espaçosa e bem iluminada.

Também recebiam amigos e oradores espíritas que deixaram suas vibrações positivas no local.

Frederico estava ansioso para revê-los.

Durante o dia, pai e filho conversaram sobre o que estava planejado para aquela noite.

"A primeira visita à Terra é muito importante para nós, desencarnados", disse Angelino. "Ainda me lembro de quando visitei vocês pela primeira vez em nossa casa. A emoção em revê-los foi muito forte, mas a ajuda dos nossos amigos possibilitou que tudo corresse bem. Tenha confiança e fé, assim como a sua mãe."

Frederico lembrou-se de sua mãe e sua fé inabalável e sentiu-se mais forte. *Sei que vou conseguir*, pensou consigo mesmo.

O dia demorou a passar, mas a hora da visita chegou e os dois se encontraram com Dirceu e Dulce, que os levaram até a estação de onde partiriam para a Terra.

Havia um grupo de espíritos com eles e Frederico, curioso, perguntou quem eram aqueles irmãos que iriam acompanhá-los.

"São recém-chegados que também estão fazendo visitas às suas famílias. Sempre vamos em grupo nessas missões", explicou Dirceu. "Assim conseguimos nos ajudar."

Frederico sentiu-se mais seguro ao ver que não era o único naquela situação.

Entraram em um veículo grande, que lembrava um bonde dos tempos antigos. Esse veículo de lataria brilhante emitia uma luz de cor amarelada transparente.

Havia lugar para todos se sentarem confortavelmente. Os assentos estavam alinhados em grupos de doze, com seis de cada lado do veículo, em compartimentos diferentes. Os passageiros ficavam de frente uns aos outros e podiam conversar e trocar ideias.

Frederico se apresentou e cumprimentou os irmãos em seu grupo. Estava acostumado com os encontros espíritas e se comportou como achava melhor para descontrair as pessoas.

A viagem era um pouco longa e teriam que passar por regiões não tão hospitaleiras, então a conversa com os novos amigos ajudava bastante.

Cada um contou um pouco de sua história e o que esperava daquela visita. Uma que chamou muito a atenção de

Frederico foi a de um amigo que também estava fazendo sua primeira visita ao planeta.

"Não foi fácil", disse Manuel. "Fiquei muito tempo perambulando por lugares estranhos. Parecia um pesadelo do qual nunca iria acordar. Na Terra, eu tinha uma vida relativamente boa, com esposa e dois filhos. Trabalhava como carcereiro numa prisão na cidade vizinha onde morávamos e, infelizmente, me rendi à negatividade daquele local. Acabei ficando com depressão." Continuou explicando: "Na época eu não sabia, mas comecei a atrair espíritos na mesma faixa vibratória que me inspiraram a procurar notícias negativas nos jornais e a assistir filmes e programas violentos, piorando ainda mais a minha situação. Só conseguia ver o que estava errado com o mundo e com a minha vida. Era como se o bem estivesse se escondendo de mim. Não conseguia ver o tesouro que tinha em casa e, apesar da minha vida familiar saudável, planejei me suicidar, pois não tinha religião e achei que o mundo ficaria melhor sem mim. Decidi entrar na contramão numa estrada muito movimentada que eu já conhecia, esperando uma colisão de frente com um caminhão ou um ônibus para um final rápido. Não estava raciocinando muito bem e acabei colidindo com o veículo de um casal de noivos, que estava levando os pais do moço de volta para o aeroporto depois de uma visita para acertar os detalhes de sua festa de casamento. O moço foi o único óbito. Eu sobrevivi e tive que encarar o dano que fiz à minha família, além da tristeza de ter destruído os sonhos daquele casal. Passei um tempo na prisão e acabei voltando para cá depois de muito sofrimento. Finalmente fui resgatado no plano espiritual e trazido a este posto por intervenção de amigos e familiares que nunca desistiram de mim. Agora estou mais forte. Tenho estudado bastante o benefício dos pensamentos positivos para a nossa saúde mental e estou trabalhando para voltar à Terra, quando me for permitido, e ajudar pessoas que sofrem de depressão." Manoel concluiu, dizendo: "Estou ansioso por essa visita, pois não vejo minha família há muito tempo. Quero pedir perdão não só a eles, mas também às outras famílias que sofreram por minha causa. Vou fazer o que for possível para reparar os danos do meu ato."

Ao final desse relato, Frederico notou a emoção entre os colegas de viagem. Pensou em como isso confirmava a conversa que teve com o pai a respeito da importância dos pensamentos que cultivamos. Parecia que todos estavam também refletindo sobre o relato doloroso do novo amigo.

Pediu a Deus pelo sucesso de Manuel e agradeceu pelas chances que recebemos para reparar os nossos erros.

{ CAPÍTULO 9 }

O PORTAL

O veículo finalmente parou em uma pequena estação, no meio de uma floresta.

Frederico ficou surpreso e perguntou a Angelino o que estava acontecendo.

"Esta é a nossa parada", disse o pai, com um sorriso no rosto.

"Mas não parece que estamos na Terra. Que lugar é este?", perguntou Frederico, ansioso.

"Este é um posto avançado que também pertence ao posto 5, mas fica bem próximo da Terra. Aqui vamos encontrar com as nossas anfitriãs, que nos acompanharão até o portal que precisamos atravessar para chegar ao nosso destino", respondeu Angelino.

Frederico nunca havia imaginado um lugar assim. Parecia uma floresta de conto de fadas.

Notou que não era o único que estava confuso, mas os guias estavam agindo naturalmente, como se estivessem num lugar familiar para eles.

Todos os passageiros saíram do veículo e seguiram seus guias até uma clareira, onde havia uma casa de madeira.

Apesar de o lugar ser um pouco escuro, como se fosse o anoitecer na Terra, aquela casa tinha uma iluminação intensa que saía pelas frestas e pelas janelas.

Quando chegaram mais perto, Frederico conseguiu ver melhor a casa, que tinha uma pequena escada na frente e uma varanda que levava até a porta de entrada. Havia duas janelas, uma de cada lado da porta, que estavam abertas, mas com cortinas brancas bloqueando a visão de dentro.

Dulce tomou a frente e bateu à porta.

A porta se abriu e saíram da casa três senhoras muito parecidas: com estatura baixa, pele clara e cabelos castanhos bem claros. Usavam túnicas em tom de bege que chegavam até os pés. Apresentavam semblantes bondosos e estavam muito sorridentes, como se estivessem esperando aquela visita.

As três disseram ao mesmo tempo: "Sejam bem-vindos ao nosso lar", com um tom de voz cantado que emitia inesperada alegria.

Dulce agradeceu àquelas senhoras e explicou para o grupo: "Queridos amigos, estamos recebendo mais uma ajuda de nossas irmãs Cora, Alda e Rute, que residem nesta região próxima ao planeta e nos auxiliarão a chegar ao nosso destino".

As irmãs se apresentaram ao novo grupo e pediram para que os mentores trouxessem os recém-chegados em grupos, conforme os lugares para onde se destinavam.

Frederico olhou para Angelino com uma expressão de surpresa. Não entendia o que estava acontecendo.

Angelino explicou: "Essas três irmãs, Cora, Alda e Rute, são bem evoluídas, mas estão residindo neste local temporariamente para ficarem mais próximas de entes queridos que estão presos em regiões sombrias devido a problemas ocorridos no passado. O trabalho tem sido intenso, mas eles estão próximos do resgate. Enquanto isso, elas nos ajudam a chegar ao planeta via portais que ficam em localizações estratégicas, tornando o nosso transporte mais fácil."

Frederico agradeceu a Angelino pela explicação. Pensou no trabalho e no cuidado que os espíritos superiores têm com cada um de nós.

Então percebeu o que estava acontecendo. Viu o primeiro grupo de amigos acompanharem aquelas senhoras até um lugar na floresta e depois não conseguiu ver o que acontecia até as senhoras voltarem para acompanhar um novo grupo.

Apesar de ser uma experiência inusitada, o recém-desencarnado sentia calma. Aquelas senhoras inspiravam grande confiança.

Sua vez finalmente chegou e ele as seguiu, acompanhado do pai e de seus mentores.

Viu uma pequena clareira na floresta, rodeada de árvores bem altas. Foram levados até o meio dela, entre duas árvores que, para ele, pareciam ser mamoeiros bem altos.

Pensou em como aquele lugar se parecia com o quintal da primeira casa onde havia morado com Lucinda quando se casaram. *Será que é por acaso?*

Quando os filhos ainda bem pequenos brincavam no quintal, sempre comentavam sobre seus "amiguinhos" que moravam entre as árvores. Esforçou-se para se lembrar dos detalhes, mas não conseguiu. As lembranças do passado passavam por sua mente com uma rapidez incrível, mas não conseguia se concentrar em algo que explicasse as semelhanças com aquele local.

Naquele momento, as senhoras pediram a todos que fizessem uma roda e dessem as mãos para fazerem uma prece juntos, pedindo ajuda a Deus para o sucesso da visita de Frederico à família.

Frederico sentiu um incrível bem-estar e uma leve brisa, como se estivesse com o rosto perto de uma janela aberta em um veículo em movimento. Fechou os olhos e de repente sentiu a mão do pai no seu ombro.

"Chegamos, filho", disse Angelino.

{ CAPÍTULO 10 }
A PRIMEIRA VISITA

Frederico abriu os olhos e viu que estava em um cruzamento de ruas bem perto de sua casa.

"Papai, como chegamos aqui?", perguntou, confuso.

"Passamos pelo portal que liga aquele lugar com este portal da nossa cidade", explicou o pai.

"Nunca imaginei que houvesse portais na Terra", comentou.

"Sim, há vários portais, mas não são visíveis para os encarnados", completou Angelino.

O grupo prosseguiu até chegar em frente à casa de Frederico.

A emoção foi tão forte que Frederico pensou que não iria conseguir entrar naquele local novamente. Tudo o que sentiu naquela última noite voltou inesperadamente à sua memória e ele pensou que não fosse aguentar. Ajudado pelo pai e pelos amigos espirituais, Frederico se recompôs e prosseguiu em direção ao portão da frente.

Passaram pela porta, que magicamente se abriu, como se estivesse dando permissão para que eles entrassem.

Frederico viu aquele lugar com outros olhos.

Viu que a sala da frente estava vazia. Aquela sala foi cenário de muitas festas e reuniões, e ele conseguia sentir a vibração intensa daquelas lembranças.

Prosseguiu até o meio do cômodo e olhou cada detalhe com atenção. A parede de pedra com a porta de entrada no centro, a janela grande da frente, o piano de sua filha Liane com a foto dos sogros que ele se lembrava de ter colocado na parte de cima, os sofás, o aparelho de TV, os quadros nas paredes.

Apesar de ser o seu lar, sentia que estava num lugar diferente. Era a primeira vez que estava conscientemente vendo o ambiente espiritual de sua casa. Sabia que as luzes estavam apagadas, mesmo assim via uma claridade que iluminava o local.

Tudo era conhecido, mas, ao mesmo tempo, diferente. Não sabia exatamente o que estava sentindo. Para ele, era como se o passado e o presente coexistissem. Sentia a vibração das experiências e emoções vividas no local.

Ficou pensativo, mas não fez nenhum comentário. Tudo o que estava acontecendo era novo para ele.

Finalmente perguntou aos amigos espirituais: "Onde estão meus familiares?"

"Cada um chegará aqui no momento certo. Primeiro vamos nos encontrar com a Lucinda, que está em seu quarto", falou a mentora Dulce.

Frederico prosseguiu pela casa notando as diferenças no ambiente.

O corredor comprido que ficava bem no meio da casa levava até o quarto dele e de Lucinda. Ao chegar lá, viu a esposa ainda acordada. Ela estava acompanhada por um casal em oração ao seu lado.

Ficou surpreso ao reconhecer aquelas pessoas. Eles eram os padrinhos dela: Joel e Magda.

Frederico tinha conhecido Joel, padrinho de sua esposa, mas nunca tinha se encontrado com Magda, que já havia desencarnado quando eles se casaram.

Aproximou-se deles com muito respeito e esperou que terminassem a oração.

Naquele momento os padrinhos perceberam sua presença e o receberam alegremente.

"Frederico, que bom te ver aqui!", disse o padrinho, entusiasmado.

Joel era um homem de estatura média, de pele clara com cabelos castanhos crespos e olhos castanhos. Ele tinha muita energia e entusiasmo. Havia sido prefeito da cidade onde morou e estava acostumado a falar em público. Essas qualidades eram ainda bem perceptíveis quando ele se expressava.

"Estávamos esperando por você", disse a madrinha, com um sorriso. "A Lucinha está carregando tristeza no peito e pensando muito em você, como é natural. Acho que esta reunião será importante para a sua recuperação."

Magda era muito bonita. Estatura média, cabelos castanhos-claros, levemente ondulados e olhos também castanhos-claros. Ela transmitia calma.

Em vida, Magda tinha sido uma artista com muitos talentos. Cantava, dançava, representava, tocava piano e acordeom e adorava ensinar as crianças da família. Por isso ela era muito amada por todos.

Os padrinhos sempre se referiam carinhosamente à sua afilhada como "Lucinha".

Frederico se sentiu honrado com a presença dos padrinhos da esposa.

"Muito obrigado por estarem aqui neste momento difícil. Somos gratos por essa ajuda", disse Frederico, com muita emoção.

"Imagina, Frederico, nós somos os padrinhos da Lucinha e estamos aqui para ajudá-la, principalmente porque o Jair e a Aurora não estão em condições de estar aqui agora."

Frederico pensou no trabalho dos padrinhos no mundo. Será que era sempre levado a sério como estava testemunhando naquele momento? Não sabia, mas esperava que sim. Nunca tinha pensado a respeito, mas estava testemunhando a importância dos padrinhos na vida das pessoas, principalmente quando os pais estavam impossibilitados de ajudar seus filhos.

Agradeceu a Deus de todo o coração.

Aproximou-se da esposa e conseguiu perceber seus pensamentos. Ela estava se lembrando dos momentos felizes que haviam passado juntos e de como sentia falta do companheiro de tantos anos.

Ao ver a esposa triste, Frederico se aproximou dela e tocou sua mão com carinho. Lucinda puxou a mão rapidamente e a colocou embaixo do lençol. Frederico ficou surpreso com a atitude inesperada da esposa e perguntou a Dirceu se ela havia sentido sua mão fisicamente.

O mentor respondeu: "Sim, mas não fique chateado com esta reação. Isso é muito comum."

Frederico percebeu que a esposa havia tirado a mão de baixo do lençol na esperança de sentir sua mão novamente. Chegou mais perto e acariciou a mão da esposa mais uma vez. Dessa vez ela aceitou o carinho e fechou os olhos, emocionada.

Naquele momento, os mentores deram um passe magnético em Lucinda, que adormeceu imediatamente.

Ele viu a esposa se desprender do corpo ajudada pelos padrinhos.

Lucinda parecia sonolenta e não conseguiu identificar as pessoas ao seu redor.

O grupo se dirigiu até a sala, onde iriam se encontrar com os outros participantes daquela reunião.

Lá chegando, viram que a família já estava presente, cada membro acompanhado de seus mentores.

Todos pareciam sonolentos e não haviam conseguido identificar Frederico no meio do grupo.

Dirceu tomou a palavra e orou, pedindo bênçãos da providência divina para aquela tarefa. Após a prece, Frederico percebeu que os familiares pareciam mais alertas e conseguiam vê-lo.

Agradeceu a presença de todos e abraçou cada um com muito carinho.

A emoção estava forte e todos tinham lágrimas nos olhos.

Dirceu tomou a palavra e explicou o motivo daquela reunião.

"Queridos amigos, o nosso encontro de hoje marca a primeira visita ao planeta do nosso irmão Frederico após sua partida. Sei que todos ainda estão sensíveis depois do que passaram, mas temos que prosseguir com o nosso trabalho para que a recuperação de cada um seja mais rápida. Quando uma pessoa parte do planeta, o grupo familiar precisa de um ajuste para que as tarefas espirituais daquela alma sejam divididas entre aqueles que ficaram, para manter um certo equilíbrio. Como responsável pelo grupo, o Frederico tinha várias tarefas que agora serão passadas para outras pessoas."

Dulce continuou: "Cada membro da família receberá uma mensagem especial com relação à sua nova tarefa, mas isso não será necessariamente revelado a todos. São mensagens particulares para cada pessoa, como se fossem peças de um quebra-cabeça. Um dia essas mensagens farão sentido e revelarão o futuro deste grupo."

Segundo os mentores, cada um dos encarnados presentes iria se colocar numa certa posição, em frente à janela da sala, onde receberia sua mensagem sem que ninguém mais conseguisse ouvir.

Uma pessoa de cada vez foi levada até a posição explicada pelos mentores para receber sua mensagem.

Frederico percebeu que estavam indo em ordem de idade. Primeiro Lucinda foi levada até a posição explicada e depois os filhos, Liane, Débora, Luiz Felipe e Elisa.

Por último, os netos Enzo, Afonso, Olivia e Fernando também receberam suas mensagens.

Ficou intrigado com o que estava acontecendo. Ele percebia que cada vez que uma pessoa se colocava em frente à janela, uma luz diferente brilhava, mas não conseguia ouvir o que estava sendo dito. Ele sentia que a pessoa estava ouvindo instruções pela expressão do rosto. Percebeu que as crianças pareciam diferentes e mais maduras enquanto passavam por este processo.

Após todos os encarnados terem recebido suas mensagens, Dulce pediu a Frederico que também prosseguisse para aquele local para receber a sua mensagem. Ele ficou um pouco surpreso pois pensou que aquele procedimento fosse apenas para os encarnados.

Estava ansioso pensando no que ouviria do plano espiritual e qual seria a sua mensagem especial.

Ao se colocar naquela posição escolhida pelos mentores, conseguiu ver a janela de sua sala se transformando em uma tela cheia de luz e visualizou um grupo de espíritos com os quais se afinou imediatamente, como se fossem conhecidos de muito tempo. Não sabia quem eles eram, mas sentia uma vibração de amor por eles.

Primeiro recebeu mensagens de reconhecimento pela tarefa que tinha realizado durante aquela última etapa e de encorajamento para prosseguir com as tarefas do futuro.

Ficou contente e aliviado com o que ouviu dos mentores, com uma sensação de dever cumprido. Porém, o final da mensagem o fez ficar pensativo. Sentia que esta instrução era muito importante e que deveria refletir sobre ela para entender melhor seu significado.

Após a conclusão daquele procedimento, a reunião foi encerrada.

Frederico perguntou aos mentores se os encarnados se lembrariam daquela reunião.

"Conscientemente, não, mas inconscientemente cada um vai saber o que precisa fazer para colaborar com a nossa tarefa", explicou Dirceu.

"E quanto às mensagens recebidas?", perguntou Frederico, interessado.

"As mensagens não são só para esta tarefa. Cada mensagem contém uma lição importante para a pessoa que a recebeu."

"Até para as crianças?", perguntou Frederico.

"Claro. Eles são espíritos em evolução, como nós", respondeu Dirceu. "Além do mais, as leis de Deus são simples, para que todos possam entender, inclusive as crianças."

Frederico pensou na mensagem que tinha recebido, mas não disse nada.

Dulce fez uma prece de agradecimento a Deus.

Frederico agradeceu a presença dos padrinhos da esposa e de cada um dos amigos que vieram para ajudá-los.

Abraçou os familiares queridos e sentiu que naquele momento eles pareciam estar numa sintonia diferente. Não havia tristeza. Havia apenas a certeza de que logo estariam juntos novamente para continuar com o trabalho a ser realizado.

Todos os presentes se despediram.

Frederico saiu de sua casa mais aliviado. Foi bom rever os familiares e, principalmente, saber que todos estavam sendo preparados para as tarefas do porvir.

{ CAPÍTULO 11 }

DE VOLTA AO POSTO AVANÇADO

A viagem de volta ao posto avançado foi diferente, pois o processo não era mais desconhecido para Frederico.

Dirigiram-se ao portal localizado perto de sua casa e fizeram uma prece para se sintonizarem com a faixa vibratória necessária para o transporte.

Após passarem pelo portal, encontraram seus colegas de viagem já na estação esperando o veículo que os levaria de volta ao posto avançado 5.

Todos pareciam pensativos sobre a experiência que tiveram em sua visita à Terra. Como Angelino havia explicado, a primeira visita era cheia de emoções.

Frederico conversou com alguns colegas de viagem para saber como tinham sido suas experiências.

Ele gostava de trocar ideias, pois achava que isso o ajudava a aprender e a entender as pessoas.

Cada um com quem conversou contou uma história diferente sobre a primeira visita à família. Ficou admirado com a complexidade do Universo, sempre se adaptando às necessidades de cada um.

Apesar disso, não conseguia parar de pensar na mensagem recebida. Não sabia se poderia conversar com seu pai sobre isso, mas tinha muitas perguntas.

Imaginava como os seus familiares reagiriam quando acordassem no dia seguinte.

"O que será que irão lembrar desta noite?", indagou a si mesmo, enquanto imaginava vários cenários.

Tentou se distrair pensando em outras coisas, mas a emoção do reencontro ocupava seus pensamentos naquele momento.

Quando chegaram ao posto avançado, se despediram dos novos amigos e foram para a casa de Glorinha e de Zé para descansar.

O dia estava começando na colônia e havia muitas pessoas nas ruas em direção ao trabalho.

Ao chegarem em casa, viram os amigos se preparando para os trabalhos do dia.

"Que bom ver vocês", disse Glorinha.

"Bom dia", disse Zé.

Angelino e Frederico responderam com alegria: "Bom dia!"

"Espero que tudo tenha corrido bem na sua primeira visita ao planeta", disse Glorinha a Frederico.

"Foi tudo bem, obrigado", respondeu, com um sorriso. "Fiquei contente em rever a minha família e ao saber do trabalho que está sendo feito para nos ajudar. É realmente uma bênção."

O casal estava saindo para o trabalho quando Angelino disse: "Gostaríamos muito de ajudar no trabalho que vocês fazem aqui. Enquanto estamos recebendo sua hospitalidade, seria proveitoso participar dos trabalhos e aprender com vocês. Todo aprendizado é útil."

Glorinha e Zé acharam uma ótima ideia e sugeriram que os dois os acompanhassem no dia seguinte, pois sempre havia trabalho para fazer.

Frederico também achou uma ótima ideia. Poderiam ajudar no posto avançado enquanto esperavam a conclusão de suas tarefas. Ele adorava fazer novas amizades e colaborar o quanto pudesse.

Assim que o casal saiu, Frederico perguntou a Angelino: "Papai, você sabe qual foi a mensagem que eu recebi?"

"Não, filho. Como foi explicado durante a reunião, aquela mensagem foi só para o recipiente. Por quê?"

"Gostaria de falar com você sobre ela. Será que posso?", perguntou Frederico, ansioso.

"No momento é melhor não. Reflita sobre ela. Vai chegar a hora certa de conversarmos a respeito", respondeu Angelino.

Frederico aceitou a resposta do pai e decidiu se concentrar em outras coisas. Aproveitou para perguntar a ele qual seria a próxima etapa de sua tarefa.

"Agora vamos descansar um pouco e mais tarde nos encontraremos com os nossos mentores para discutir o próximo passo. Vamos fazer várias visitas ao plano material antes de concluir nossa tarefa", explicou Angelino.

Enquanto estavam descansando, Frederico começou a pensar nos familiares.

Era como se eles estivessem acordando em um novo dia e se lembrando de seus sonhos. Alguns não se lembravam do sonho daquela noite, outros sentiam que tinham sonhado com ele, porém, com lembranças diferentes. Mesmo assim, ele recebeu as vibrações de amor de cada um e ficou feliz por isso.

Após o descanso e uma leve refeição, pai e filho fizeram suas orações de agradecimento e prosseguiram para o edifício Eurípedes Barsanulfo para se encontrar com seus mentores.

Desta vez a chegada foi mais fácil, pois já sabiam para onde deveriam ir.

Chegaram até a sala de reuniões, onde se encontraram com Dirceu e Dulce, que os saudaram com a alegria de sempre.

Conversaram sobre o sucesso da primeira reunião com a família, e começaram a explicar o próximo passo da tarefa.

"O nosso próximo passo será uma visita à sua mãe, Clara, em sua residência, de onde Angelino ainda é o chefe espiritual. Desta vez o encontro vai ter a duração de dois dias e teremos a presença de familiares e amigos encarnados e desencarnados. Essas pessoas vão nos ajudar a criar uma vibração favorável para a conclusão da tarefa. Será realizada num final de semana, quando os desencarnados estão mais descontraídos", explicou Dirceu.

Frederico perguntou, curioso: "Como poderemos ter uma reunião com os encarnados durante dois dias?"

Dulce explicou: "O tempo na Terra é um pouco diferente do nosso. Serão dois dias para nós, mas pode ser apenas alguns minutos em tempo terrestre. Este é um conceito com o qual você vai se acostumar aos poucos."

Angelino e Frederico ouviram as explicações dos mentores sobre todos os detalhes da próxima visita.

Foram informados sobre as pessoas que iriam participar e ficaram gratos ao saber que receberiam tanta ajuda, não só dos familiares, mas também de amigos, incluindo alguns de um passado que Frederico nem mesmo havia conhecido.

Tudo isso era novo para um recém-desencarnado que ainda estava se acostumando com a vida espiritual.

Mais uma vez Frederico pensou na complexidade do mundo espiritual e nos esforços feitos para nos ajudar que passam despercebidos. *Obrigado, Senhor, por tantas bênçãos*, pensou enquanto murmurava uma prece de agradecimento ao alto.

{ CAPÍTULO 12 }

TRABALHOS NO POSTO AVANÇADO

Frederico e Angelino deveriam esperar uma semana antes da visita à Clara, que ocorreria no final de semana terreno. Já que ele e o pai estavam em casa de amigos, aproveitaram para ajudar nos trabalhos que Glorinha e Zé estavam fazendo. Enquanto esperavam o filho querido, que estava para encontrá-los em breve, eles colaboravam na área de aprendizado da colônia, onde ficavam também as crianças.

Frederico teve experiência com os filhos, depois com os netos e gostou da ideia de trabalhar nessa área do posto avançado. Sentia que assim estaria retribuindo um pouco de todas as bênçãos que estava recebendo. Ele ficava contente em poder ajudar.

Naqueles dias de espera pela nova visita, eles participaram dos trabalhos diariamente. Aquilo trazia satisfação para pai e filho. O alimento espiritual os deu forças para continuarem com suas tarefas.

Quando Frederico já tinha se familiarizado com os trabalhos, Glorinha sugeriu que ele conhecesse o trabalho com as crianças que retornavam ao posto avançado sem terem concluído o processo do nascimento.

Frederico já havia pensado muito a esse respeito no passado sem chegar a uma conclusão, pois ele e Lucinda haviam perdido um filho no meio da gravidez.

Quando os filhos já eram adolescentes, Lucinda engravidou pela quinta vez. A família estava muito feliz apesar da diferença de idade entre esta nova criança e Elisa, sua filha mais nova, ser de doze anos.

Tudo estava correndo bem e eles faziam muitos planos para o futuro. Frederico tinha até dado o nome àquela criança de Robertinho, e assim toda a família se referia a ele, como se já estivesse presente em suas vidas.

Infelizmente, no meio da gravidez, Lucinda sentiu que o bebê parou de se mexer e procurou um médico. Após um exame, foi constatado que a gravidez havia sido interrompida.

A tristeza foi geral na família, frustrando os sonhos de todos.

Apesar de não ter nascido, aquela criança continuou viva em seus corações e ficou conhecida pelo nome de Robertinho.

Frederico achou que o seu trabalho naquela área seria uma homenagem ao filho que ele não chegou a conhecer.

Agradeceu muito à Glorinha por aquela sugestão e, no dia marcado, prosseguiu com Angelino para o local.

Ele tinha muitas perguntas: as famílias podiam visitar as crianças com frequência? Seria possível conversar com pais e mães daquelas crianças? Quanto tempo demorava para a recuperação daqueles espíritos?

Frederico gostaria de saber como era o trabalho de recuperação dos espíritos que passavam por aquelas situações.

Sabia que existiam casos de abortos por vários motivos e, depois do que passou, queria aprender a lidar com os pais que passavam por isso e ajudar.

Lá chegando, foi apresentado a um moço de uns 25 anos que cuidava de espíritos ainda em estado fetal que ficavam em câmaras, tomando banhos de luz, como os bebês prematuros na Terra.

Ele se apresentou aos recém-chegados: "Bom dia, meu nome é Robson. Sei que vocês são Angelino e Frederico, pois a Glorinha me avisou que viriam nos visitar hoje. Muito prazer."

"Muito prazer, Robson", responderam pai e filho ao mesmo tempo.

"Nós estamos interessados neste trabalho porque, há pouco mais de vinte anos, eu e minha esposa perdemos um filho antes do nascimento. Gostaria muito de saber o processo de ajuda aos espíritos que retornam à pátria espiritual sem conseguir completar o processo de nascimento", Frederico prosseguiu.

"Os espíritos que moram em nossa colônia são recebidos neste posto avançado e são tratados até que atinjam o seu estado adulto. Esse processo pode demorar um pouco. Cada um é tratado de acordo com sua necessidade, inclusive as famílias", Robson explicou.

"E os pais?", perguntou Frederico. "Recebem apoio aqui também?"

"Sim", respondeu o moço. "Eles são trazidos até aqui para ajudarem na recuperação de seus filhos e receber tratamento de passes magnéticos."

Ao ouvir a resposta de Robson, Frederico perguntou com o coração batendo forte: "Será que o meu filho também pode ter vindo para cá? Você se lembra de todos os espíritos que passaram por aqui?"

"Sim", respondeu o moço. "Eu me lembro muito bem de todos os que passaram por aqui desde que cheguei. Eu também vim após uma gravidez interrompida... tinha um aprendizado a completar na Terra e a minha mãe, na época, não podia mais ter filhos. Ela pediu a uma amiga que me ajudasse e eu voltei como filho de um casal que ainda não conhecia. Eles sabiam que eu não iria chegar a nascer, e mesmo assim aceitaram a tarefa. Recebi tanto amor nesses poucos meses com eles que agora os considero também minha família. Eles me chamavam de Robertinho."

"Meu filho?", perguntou Frederico, ansioso.

"Eu mesmo", respondeu Robson.

Frederico abraçou o moço com grande emoção.

Mais uma vez a providência divina estava mostrando a eles que nada acontecia por acaso.

Frederico foi direcionado ao filho querido do passado, atraído pela lei do amor.

{ CAPÍTULO 13 }

ROBSON CONTA SUA HISTÓRIA

Robson queria abrir seu coração ao novo pai para que ele entendesse como havia ido parar em sua família.

"Frederico", disse Robson, respeitosamente, "quero que entenda o quanto me ajudou quando vocês aceitaram me receber em sua família. A minha história é típica do orgulho acima do amor e do dever."

Convidou Frederico e Angelino a se sentarem. Depois de pedir para que sua colega de trabalho, Ângela, tomasse conta de seus leitos por alguns minutos, começou o relato sobre seu passado.

"Meu nome era Afonso e eu morava em Portugal, na cidade de Coimbra. Era filho único de um médico importante na região. Ele tinha muitos sonhos para mim, pois queria que eu seguisse seus passos na medicina. Minha mãe se preocupava muito comigo e eu era o centro do seu Universo. Eu não precisava fazer nada, pois recebia tudo de meus pais. Vivia como um príncipe." Robson fez uma ligeira pausa e respirou fundo antes de continuar. "Eu gostava muito de estudar e consegui o meu lugar na famosa Universidade de Coimbra.

Me dediquei bastante aos estudos, mas tinha dificuldade em fazer amigos e comecei a sentir um pouco de solidão. Foi aí que a minha provação começou."

Seus olhos se encheram de lágrimas, mas continuou o relato. "Fiz amizade com uma moça que trabalhava na cozinha da universidade. Seu nome era Inês. Ela ajudava a servir as refeições diárias e sempre sorria para mim. Certa vez a vi sentada na grama num dos jardins do campus e me aproximei. Começamos a conversar e isso acabou se tornando a nossa rotina. Estava precisando de companhia e ela era a pessoa perfeita para mim naquele momento. Acabou se tornando minha melhor amiga. Podíamos falar sobre qualquer assunto. Sentia que ela me entendia e me aceitava como eu era. Contava as horas e os minutos antes de cada encontro. Aquela amizade acabou se transformando em algo mais forte e um dia ela me disse que estava grávida. Meu mundo desabou. Não estava preparado para aquela responsabilidade. Além disso, meus pais provavelmente não a aceitariam. Inês não era a pessoa do nível que eles sonhavam para mim. Seria o fim de seus sonhos e dos meus também. Para falar a verdade, não sei o que esperava da vida. Achava que tinha coisas muito mais importantes do que o amor. Sentia a responsabilidade de seguir os sonhos planejados pelos meus pais."

Naquele momento, Frederico percebeu a emoção e a dor transbordando do coração de Robson e disse: "Você não precisa nos contar tudo agora, se não quiser."

Robson olhou-o nos olhos e disse: "Preciso, sim." E continuou: "Sugeri para Inês que um aborto seria a melhor solução para nós. Ainda éramos jovens e tínhamos muito tempo pela frente. Ela não queria, mas de tanto falar, consegui convencê-la. Procuramos um profissional local e, no dia marcado, levei Inês para aquele procedimento que mudou nossas vidas.

Estava ao seu lado e vi o médico retirar dois fetos de seu ventre. Naquele momento senti uma forte conexão com aquelas almas, mas já era tarde. Inês se recuperou fisicamente, mas não conseguiu se recuperar emocionalmente. Ela estava sofrendo muito. Então, uma tia querida a levou para longe de Coimbra para se recuperar e eu nunca mais a vi. Não conseguia parar de pensar na mulher que amava e nas duas almas que teriam sido nossos filhos. Acabei procurando consolo na bebida e em remédios, achando que me ajudariam. Infelizmente deixei a vida cedo, antes de conseguir realizar os meus sonhos ou aqueles que achava que haviam sido planejados para mim. Paguei um alto preço pela escolha que fiz."

Respirou profundamente, como se buscasse forças para contar a próxima etapa de sua história, e continuou: "Meus pais ficaram desolados ao descobrirem o que tinha acontecido comigo e até procuraram Inês para ajudá-la. Queriam fazer um tributo ao filho único que haviam perdido. Infelizmente não conseguiram localizá-la. Na verdade, eles só queriam a minha felicidade. Fiquei sabendo, depois, que minha mãe também tinha uma origem humilde e que nunca colocariam empecilho no meu amor por Inês. Meus avós maternos, que eu conhecia como comerciantes bem-sucedidos, tinham começado do nada. A vaidade era minha. Enquanto isso, eu estava no umbral para conseguir limpar um pouco da energia negativa que eu mesmo havia criado. Após um tempo sofrendo, que pareceu eterno, fui resgatado por amigos da colônia Novo Amanhecer e fiquei internado no posto avançado 5 para recuperação. Aqui recebi muito apoio e consegui reencontrar Inês e meus pais, que trabalharam muito para me ajudar. Adotei o nome de Robson para me distanciar do sofrimento da minha última etapa. Pedi para expurgar a energia negativa do aborto que incentivei voltando à Terra duas vezes por um breve período. Essa escolha foi aprovada pelos mentores que cuidavam de mim. Sentia que precisava daquilo. Recebi a ajuda de meus pais, que me receberiam como uma criança frágil e doente. Foi aí que os nossos caminhos se cruzaram."

Frederico sentiu seu coração bater mais forte. Estava ansioso para saber o final da história de Robson.

Ele completou: "Desta vez, havíamos nascido no Brasil. Meus pais me receberam novamente, mas a minha saúde era frágil. Minha mãe não tinha leite suficiente para me alimentar, mas uma amiga da época do colégio que tinha acabado de dar à luz sua segunda filha ofereceu seu leite materno para me ajudar. Essa amiga é a sua esposa Lucinda. Aquele leite me fez bem, mas o meu destino era uma vida curta e foi isso que aconteceu. O meu nome nesta etapa foi Roberto. Tinha que voltar mais uma vez para completar o meu aprendizado, mas a minha mãe não podia mais ter filhos. Sabendo da disposição da amiga que a tinha ajudado no passado, ela pediu que Lucinda me recebesse como filho pelo tempo que faltava para minha recuperação. Vocês me aceitaram em sua família e isso fez uma diferença enorme na minha vida. Sem o conhecimento consciente, vocês me deram o nome de Robertinho como na minha última experiência. Todo o carinho que recebi me ajudou a ter uma recuperação mais rápida. Quando voltei para cá, apesar das dificuldades, estava me sentindo feliz pelo amor que havia recebido de mais um grupo familiar. Isso acelerou a cura. Após minha recuperação, pedi para trabalhar com espíritos que voltavam para cá prematuramente e desde então estou neste trabalho. Inês reside e trabalha em Novo Amanhecer e dentro de alguns anos retornaremos à Terra para continuar nosso aprendizado e receber os filhos que não conseguimos ter no passado. Meu trabalho será com bebês prematuros, pois quero ajudar nesta área. Muito obrigado pelo que fizeram por mim. Quero pedir só mais uma coisa."

"O quê?", perguntou Frederico, intrigado.

"Gostaria que você me chamasse de Robertinho", disse Robson, com um sorriso no rosto.

"Com certeza", disse Frederico. E completou: "Então me chame de pai."

Os dois se abraçaram, enquanto Angelino ao seu lado derramava lágrimas de alegria.

{ CAPÍTULO 14 }

VISITA À CASA DE ANGELINO

Após o reencontro com Robertinho, Frederico ficou ainda mais disposto a ajudar sua família e completar aquela última tarefa na Terra.

Sentia uma gratidão imensa por tudo o que estava recebendo e queria contribuir o máximo possível.

Logo chegou o final de semana e o dia da nova visita ao planeta.

Frederico e Angelino esperavam ansiosamente por esse reencontro. Apesar de haver retornado à pátria espiritual há bastante tempo, Angelino ainda era o chefe espiritual daquela casa, onde moravam sua esposa, filhos, e sua irmã mais nova.

Ele seria um dos anfitriões e receberia os visitantes em seu lar.

Ainda era um mistério para Frederico como seria possível uma reunião de dois dias sem que os encarnados percebessem.

Pelo menos ele já sabia como seria a viagem até a Terra. Estava contente em rever amigos recém-chegados que os acompanhariam até o planeta novamente.

Chegaram até a estação e embarcaram todos juntos. Foram conversando e trocando ideias sobre a viagem anterior e falando sobre o que esperavam dessa nova visita.

Logo chegaram à floresta, perto da casa das irmãs Cora, Alda e Rute, e foram recebidos novamente com alegria e entusiasmo.

Passaram pelo mesmo processo da primeira visita, mas dessa vez a prece feita na clareira foi concentrada no destino a que estavam almejando.

Frederico teve a mesma sensação da brisa no rosto e novamente, com incrível rapidez, sentiu o pai tocando no seu ombro para avisar que haviam chegado.

Agora o portal ficava no alto de um morro, que Frederico logo reconheceu ser bem próximo à casa da mãe.

Ao chegarem, Frederico viu que era noite e tudo estava quieto. Notou a lua cheia, lindíssima, alinhada a um poste de luz que ficava em frente à casa. Sentiu saudades dos tempos em que vinha tomar café com a família e conversar sobre assuntos diversos.

Todas as quintas-feiras Frederico tomava café com a família após os trabalhos do centro espírita. Era uma tradição. Eles gostavam de comentar os acontecimentos do mundo, da família, dos amigos e do movimento religioso da cidade. Isso os mantinha unidos.

Lucinda entendia a necessidade do marido e, por isso, ficava em casa com os filhos, deixando Frederico aproveitar a companhia da mãe e dos irmãos.

A casa de seus pais, como ainda era conhecida, era no estilo do meio do século XX, bem espaçosa, e ficava no meio do quarteirão, entre uma casa do lado esquerdo e duas do lado direito.

Passaram pelo portão de entrada, que ficava entre duas muretas, e subiram a escada que levava até a porta.

Frederico notou com saudades o trajeto que havia feito tantas vezes. Viu a linda árvore com flores cor-de-rosa à direta e o canteiro com a pequena palmeira à esquerda antes de chegar ao topo do segundo lance de escadas.

A porta da frente ficava bem no meio da pequena varanda e era de madeira, pintada de branco, com dois painéis fechados no meio e a parte de cima de vidro fosco com grades no formato de losangos. Do lado esquerdo da varanda viu a janela do quarto que havia partilhado com o irmão mais velho, Evandro, antes de se casar.

Entraram na casa sem problemas. Era como se a energia positiva daquele local estivesse abrindo todas as portas.

O pai ficou na sala, próximo à porta, esperando por aqueles que viriam ajudá-los.

Frederico olhou a sala vazia da casa que lhe era tão conhecida. Tudo parecia diferente para ele, apesar de ter estado lá há pouco tempo. Prosseguiu em direção à copa, onde a família fazia suas refeições, e de repente viu Clara vindo em sua direção acompanhada por sua tia Adelina, irmã de Angelino que estava morando com eles. Ela parecia sonolenta, mas, quando o viu, se apressou a abraçá-lo.

"Meu filho", disse ela, com os olhos cheios de lágrimas. "Você está bem. Está de volta. Estava preocupada com você. Sabia que tudo ficaria bem."

Clara tinha uma fé inabalável. Ela nunca pensava que algo poderia dar errado.

Fazia muitas orações e confiava em Deus e nos amigos espirituais.

Frederico retribuiu seu abraço apertado e não conseguiu conter as lágrimas.

Sentia-se culpado, como se estivesse enganando a mãe, mas a confortou dizendo: "Estou aqui, mamãe, e está tudo bem." Ele disse que sempre fazia preces, como ela o havia ensinado, e que também lia as mensagens espíritas que ela lhe mandava.

Após aquele reencontro, Angelino chamou Clara para receber a família e os amigos na entrada da casa com ele. Naquele momento ela pareceu entender o que precisava fazer e o seguiu até a porta.

Os dois cumprimentaram todos os participantes da reunião que entraram e se espalharam pela casa.

Frederico viu seus irmãos e sobrinhos chegarem e correu para abraçá-los. A família era muito unida e todos sentiam falta de sua presença física. Ficou feliz em vê-los amparados por mentores espirituais.

Os próximos a chegar foram sua esposa, filhos e netos. Cada reencontro era muito especial para ele.

Viu um grupo grande da família de Lucinda chegar para a reunião. Gostava de ver que eles estavam apoiando sua esposa neste momento de transição.

Dirigiu-se a eles e agradeceu pessoalmente a cada um. Percebeu que seus sogros estavam presentes e foi conversar com eles.

Jair e Aurora estavam caminhando em direção à filha. Jair já havia retornado ao plano espiritual há três anos, e Aurora era recém-chegada, assim como ele.

"Seu Jair, dona Aurora, que prazer imenso em vê-los aqui", disse Frederico, com alegria.

"Desta vez nós dois queríamos estar presentes para apoiar a Lucinda e as crianças", Jair ainda se referia aos netos como "crianças". "Não pudemos vir na época da sua volta, mas agora a Aurora está bem melhor e quis me acompanhar para ajudar a nossa filha, apesar de ainda ser recém-chegada no plano espiritual."

"Verdade, Frederico. Queria muito dar o meu apoio à Lucinda. Sei que isso faz diferença para os encarnados, mesmo que eles não saibam que estão sendo ajudados", disse Aurora com um sorriso no rosto, e completou: "Estou contente em ver a união das famílias neste momento. Me lembra das nossas festas de Natal."

Frederico agradeceu novamente aos sogros e continuou observando o que estava acontecendo.

Ele nunca tinha participado de uma reunião assim, mas parecia com um dos encontros do movimento espírita de que se lembrava.

Após a chegada de todos, os mentores tomaram a palavra e saudaram os participantes daquela reunião. Uma prece foi feita para iniciar os trabalhos e as pessoas foram divididas em grupos que se acomodaram pela casa. Cada grupo seria responsável por uma tarefa diferente, mas todos trabalhariam sob a coordenação dos mentores que organizavam a reunião.

Frederico notou que a parte espiritual da casa era mais ampla e iluminada do que era materialmente. Era uma versão melhorada que parecia ter as vibrações de seu passado mais glorioso. Nunca imaginou que aquele número de pessoas coubesse na casa, no entanto, espiritualmente, parecia que todos os presentes estavam confortáveis no local.

Achou aquilo maravilhoso, mas deixou as perguntas para mais tarde, já que havia um trabalho importante a ser feito naqueles dias.

Percebeu que os encarnados recebiam um tratamento diferente. Eles estavam acompanhados de seus mentores espirituais, que os ajudavam a entender seu papel nessa nova fase.

Ficou impressionado com a organização minuciosa daquele encontro. Cada participante teria uma tarefa a realizar, e mesmo que pequena, seria de grande importância para que tudo corresse bem.

Os desencarnados ficaram em grupos diferentes, mas também acompanhados dos mentores que os auxiliavam e explicavam a participação que teriam para apoiar os membros da família.

O ambiente na casa estava ótimo, e Frederico sentiu que todos estavam se beneficiando das vibrações positivas.

As tarefas foram explicadas e passadas aos participantes.

Entre as várias conclusões daquela reunião, foi decidido que Clara voltaria à pátria espiritual após seu aniversário de cem anos. Isso daria um tempo para que a família aceitasse que o seu tempo na Terra havia terminado.

Todos os detalhes foram planejados minuciosamente para que a partida ocorresse no momento certo e nas condições desejadas.

A reunião foi encerrada.

Para Frederico, realmente parecia que aquele encontro havia durado dois dias. Mas após as despedidas, quando estavam saindo da casa, notou que ainda era noite e tudo parecia quase igual ao que estava na sua chegada. A lua cheia estava só um pouco adiante do poste de luz, parecendo que somente alguns minutos haviam se passado.

Ele olhou para Angelino, curioso. O pai, entendendo a sua surpresa, disse: "Sei que você tem muitas perguntas. Logo tudo isso fará sentido."

Frederico sentiu que aquele momento era para ser concentrado nas bênçãos daquela reunião maravilhosa.

Eles haviam reencontrado amigos e familiares do passado, do presente e outros que fariam parte de um futuro que havia sido revelado. Ficou maravilhado ao saber que receberiam mais pessoas queridas na família através da reencarnação. Sentia que estavam recebendo um verdadeiro presente de Deus.

{ CAPÍTULO 15 }

A VOLTA DE CLARA

De volta à colônia, os trabalhos continuaram para Angelino e Frederico, que estavam preparando o lado espiritual do retorno da esposa e mãe querida.

Durante esse tempo, eles ainda tiveram algumas reuniões na Terra para acertar os detalhes e ajudar a família a se preparar emocionalmente para o evento.

Essas reuniões eram mais rápidas, apenas para passar instruções de apoio aos encarnados.

Frederico sabia que sua família entraria numa fase de transição, com muitas mudanças que afetariam todos por um bom tempo. A saída de pessoas importantes mudaria a dinâmica e os relacionamentos dos membros do grupo.

Lembrou-se de quando seu pai desencarnou e de todas as mudanças que ocorreram na dinâmica familiar.

Perguntou ao pai como poderiam ajudar os encarnados a diminuir os problemas que ocorrem após o desencarne de um membro da família.

"Nós sempre trabalhamos para ajudar os nossos entes queridos, mesmo que passe despercebido. Ninguém fica abandonado ou esquecido. Cada um tem a ajuda que precisa para o seu aprendizado e evolução. Todos nós temos a mesma importância aos olhos de Deus", explicou Angelino.

A cada explicação do pai, Frederico se enchia ainda mais de gratidão ao trabalho feito nos bastidores pelos mentores espirituais.

Enquanto isso, na Terra, os filhos de Clara estavam preparando uma festa de aniversário para a mãe, sem muito entusiasmo. Achavam que se tivessem comemorado mais cedo, ainda teriam toda a família unida. A situação atual não permitia muita alegria, por isso decidiram que a mãe teria uma festa modesta para marcar aquela data especial.

Clara continuava perguntando sobre o filho que achava estar no hospital se recuperando.

No dia marcado, todos se reuniram na casa da família Pereira. Ela era a primeira pessoa do grupo a completar cem anos.

Clara estava muito contente por ver toda a família presente em sua casa. Naquele dia conseguiram reunir os filhos, netos, bisnetos e a cunhada, Adelina.

"O meu maior presente é ver todos vocês aqui e só peço para que o Frederico melhore logo e volte para casa", disse Clara, emocionada.

Neste momento os olhos da esposa de Frederico se encheram de lágrimas. Para ela, aquela situação era difícil. A perda do marido ainda era recente, por isso a emoção que sentia era muito forte. Lucinda pensou que não iria conseguir segurar as lágrimas, porém, como que por encanto, ela se sentiu calma e se controlou. Sem perceber fisicamente, ela havia sido abraçada pelo marido, que estava ao seu lado lhe dando forças. "Calma, Lucinda. Você é forte. Estou aqui com você", falou Frederico no ouvido da esposa.

Os mentores espirituais que os estavam ajudando decidiram que deveriam acompanhar Frederico e Angelino até a festa de aniversário de Clara. Sabiam que seria difícil para a família se encontrar pela primeira vez após a partida de Frederico e quiseram estar presentes para dar apoio.

Os mentores estavam concentrados em manter a vibração do ambiente o mais positiva possível.

Essa era uma ocasião especial, não só pela data do aniversário de Clara, mas também por ser a última vez que ela se reuniria com a família. Esta era a sua despedida.

Felizmente tudo correu bem e, apesar da ausência de Frederico, Clara parecia contente em ter sido lembrada por todos e por ter conseguido chegar aos cem anos.

Após alguns dias, a saúde de Clara foi se deteriorando e os filhos decidiram levá-la a um hospital, onde ela foi internada.

Apesar dos cuidados dos médicos e da atenção dos filhos, a situação dela piorou.

Era como se ela sentisse que cumpriu sua missão.

Clara estava cansada e desanimada naquela cama de hospital. Começou a notar algumas pessoas diferentes no quarto. Isso a animou um pouco pois gostava de receber visitas.

"Elvira, quem são essas pessoas?", perguntou para a filha que a acompanhava.

"Que pessoas?", perguntou a filha, confusa.

"Aquele moço de uniforme azul e aquelas duas moças vestidas de branco", respondeu Clara. "Eles são do hospital?"

"São sim, mamãe", disse a filha, para concordar com a mãe. "Eles vieram te ver."

Clara sorriu e não disse mais nada.

Notou outras pessoas ao seu redor. Um moço muito simpático, moreno, alto que parecia ser médico, começou a aplicar passes magnéticos em seu corpo.

Ele sorriu para ela e ela sorriu de volta.

Sua vida estava terminando. Ela estava vendo pessoas diferentes ao seu redor e, pela atitude da filha, sentiu que só ela conseguia vê-los.

De repente, sentiu muito sono. Enquanto estava adormecendo, pensou ter visto o filho e o marido ao lado de sua cama.

Sorriu para a filha e fechou os olhos.

Enquanto isso, no quarto, Elvira corria para chamar um médico. Clara sentiu o amparo dos mentores espirituais ao seu lado, que finalizavam o desligamento dos laços que a prendiam àquele corpo. Ela se sentiu leve e acabou adormecendo.

O grupo ali presente fez uma prece de agradecimento pela ajuda com o desenlace de Clara.

Agora a senhora recém-desencarnada seria levada ao posto avançado, onde receberia o tratamento necessário para o seu restabelecimento.

Uma parte do grupo espiritual iria ficar no planeta apoiando a família.

Frederico e Angelino agradeceram a todos pela ajuda indispensável e seguiram levando Clara de volta à pátria espiritual.

{ CAPÍTULO 16 }

O REENCONTRO COM A MÃE

Com a volta de Clara, a tarefa de Frederico estava quase terminando.

De certo modo, sentia-se triste por ter que se separar da família mais uma vez. Estava gostando do trabalho que o mantinha perto daqueles que amava. Não queria deixar o posto avançado e ir para um lugar que não conhecia. Sentia-se inseguro com tantas mudanças num período que, para ele, parecia curto.

Angelino explicou que era normal se sentir assim e disse: "Nós nunca nos separamos verdadeiramente dos nossos entes queridos."

"Obrigado, papai. É que quando estamos no meio dos acontecimentos, parece que a separação vai ser para sempre. Não consigo parar de pensar em como será a nossa despedida", disse Frederico, um pouco cabisbaixo.

"Bem, a tarefa não está completa ainda. Vamos ver a sua mãe, pois ela deve acordar logo. Quero estar perto dela quando isso acontecer."

Com essa lembrança do pai, Frederico se animou, pois estava ansioso para conversar com a mãe depois de tanto tempo.

Frederico e Angelino se dirigiram ao quarto onde estava Clara, que era semelhante àquele onde Frederico esteve na época de sua chegada. O quarto parecia mais espaçoso, mas as cores leves eram parecidas com o que ele se lembrava.

Foram recebidos pelos mentores espirituais que os tinham acompanhado. Eles estavam dando mais um passe magnético em Clara.

"Esta etapa de Clara foi bem longa e por isso ela está precisando de passes para aumentar o seu nível de energia. O processo de recuperação já está em andamento e o seu conhecimento da vida espiritual vai ajudar bastante", explicou o mentor Euzébio ao terminar o passe magnético.

Clara começou a despertar e logo identificou a presença dos médicos espirituais ao seu lado.

Perguntou onde estava sua filha Elvira, que sempre a acompanhava nos hospitais. Estava se sentindo bem, mas meio confusa.

Com a permissão dos médicos, Angelino e Frederico se aproximaram de sua cama e a saudaram com um sorriso.

Clara, surpresa, não soube o que dizer.

Apesar da alegria do reencontro, ela não estava certa de que a situação era real e perguntou a Angelino: "Eu estou sonhando?"

Angelino respondeu: "Desta vez, não. Você já me fez esta pergunta tantas vezes e sempre respondi que sim, mas desta vez é diferente."

Clara abraçou o marido, emocionada. Ao terminar, viu o filho se aproximando e disse: "Frederico, você também está aqui? Eu senti muito a sua falta. O que aconteceu com você, meu filho?"

Frederico abraçou a mãe e contou com detalhes os acontecimentos dos últimos meses.

Angelino disse para Clara: "No fundo, nossos filhos sabiam que a sua etapa também estava terminando e decidiram protegê-la."

Ela ficou feliz em saber que tinha sido tão bem-cuidada pela família.

Pai, mãe e filho conversaram por um bom tempo. Havia muitas coisas para explicar à senhora recém-chegada.

Clara continuaria sua recuperação naquele hospital espiritual por algum tempo e depois seguiria com o marido e o filho para a colônia espiritual, onde seria sua residência.

Ao saírem do hospital, Frederico perguntou ao pai: "Agora que a mamãe já está de volta, o que ainda precisamos fazer antes de prosseguir para a nossa colônia?"

"Teremos mais alguns encontros com os nossos familiares para ajudá-los neste momento de transição. Todos nós já sabemos quais tarefas devemos realizar, mas é sempre bom ser lembrado para não perder a direção. Além do mais, eles estão tendo muitas mudanças num período que consideramos curto, por isso precisam do nosso amparo", Angelino respondeu.

"E a mamãe?", perguntou Frederico. "Onde ela vai ficar durante esse tempo em que terminamos o nosso trabalho?"

"Sua mãe vai permanecer no hospital. Isso foi planejado com muita precisão. Ela ficará aqui por enquanto para se fortalecer e colaborar na parte de educação religiosa para aqueles recém-chegados que não tiveram acesso a esse conhecimento durante a última encarnação. Será uma grande ajuda na recuperação dessas pessoas. Ela fez essa escolha antes de retornar."

"Que maravilha", disse Frederico, admirado. "Não temos a mínima ideia da enormidade de detalhes que são planejados nos bastidores."

"Essa é a providência divina. Nenhum detalhe é esquecido e os acontecimentos são coordenados com incrível precisão", completou Angelino.

Apesar de saber da organização perfeita dos eventos pelos mentores espirituais, Frederico não conseguia parar de pensar naqueles que tanto amava. Sabia que o tempo ia passar rapidamente e já estava antecipando as saudades que iria sentir de todos.

{ CAPÍTULO 17 }

CLARA RECEBE OS FILHOS

Frederico e Angelino continuaram visitando Clara no hospital diariamente.

Sua recuperação era rápida, mas devido à sua longa vida na Terra, ela precisava de um pouco de tempo para ajustar seu nível de energia.

Ela também estava sendo cuidada pelo doutor Mario, mas o enfermeiro que a ajudava era diferente. Lucio era um homem de aparência mais madura, era calmo, mas com muita energia. Simpático, ele falava pausadamente e tinha bastante conhecimento do espiritismo.

Clara se sentia à vontade com ele e respeitava seus conselhos. Após uma longa conversa, ela ficou sabendo que o enfermeiro já havia trabalhado no grupo do doutor Bezerra de Menezes, ajudando principalmente os amigos brasileiros que precisavam de auxílio com relação à saúde física.

Eles conversavam bastante sobre os trabalhos de auxílio e isso estimulava Clara a uma recuperação mais rápida.

Naquela manhã, quando Frederico e Angelino chegaram para a visita costumeira, Clara estava sorridente.

"Bom dia", disse radiante. "Hoje tive uma ótima notícia. O Dirceu e a Dulce vieram me ver e disseram que vão organizar uma visita dos nossos filhos aqui no hospital. Eles serão trazidos durante o sono. Eu quero muito agradecê-los por tudo o que fizeram. Isso será uma bênção."

Frederico e Angelino ficaram exultantes com a notícia.

"Nossa! Será maravilhoso!", disse Frederico, entusiasmado.

"Também fico feliz em saber que vamos receber a visita dos nossos filhos. Pela primeira vez, em muito tempo, nós seis estaremos reunidos novamente. Mesmo que seja por algumas horas", comentou Angelino, com alegria.

Ao deixarem o hospital, Frederico e Angelino foram convidados a voltar mais tarde para participar daquele encontro.

"Mesmo sendo durante a noite para os encarnados, será durante a tarde no nosso posto. Tudo está organizado para acontecer no parque do hospital. Eu e Dulce estaremos presentes", explicou Dirceu ao se despedir dos dois.

Pai e filho continuaram o dia de trabalho e depois voltaram ao hospital.

Encontraram Clara numa área do jardim que lembrava uma pequena praça, sentada num banco ao lado do enfermeiro Lucio. Ela estava usando um conjunto azul-claro de casaco e saia, semelhante a um feito por ela mesma quando em vida. Seu cabelo liso estava preso dos dois lados por presilhas marrons.

Clara estava radiante esperando pelos filhos.

O local era inspirador. O sol estava brilhando. As árvores espaçadas eram intercaladas por canteiros de flores coloridas, e a fonte no centro do jardim jorrava jatos de água em tons dourados.

Frederico estava encantado com a graça recebida pela família. Logo percebeu um grupo de pessoas vindo em sua direção e entre eles estavam seus três irmãos, Evandro, Elvira e Eleonora. Cada um estava acompanhado de uma pessoa que parecia ser um mentor.

Tinham os semblantes felizes e estavam olhando o local com admiração, mas não pareciam saber onde estavam nem porque estavam ali.

Ao chegarem bem perto, mudaram de expressão ao ver a mãe querida. Os três correram até ela para abraçá-la.

Estavam felizes em vê-la tão bem.

"Mamãe, que saudades", disse Elvira, com lágrimas nos olhos. "Estamos sentindo muito a sua falta."

Evandro comentou, alegre: "Sabia que você estaria bem. Que lugar gostoso."

Eleonora disse ainda abraçada na mãe: "Mamãe, você está fazendo muita falta. Quem vai ser o nosso apoio agora que você não está mais conosco?", perguntou, com um olhar triste.

"Filhos queridos, estou muito feliz em vê-los aqui. Já sabíamos que o nosso tempo juntos estava terminando. Sei que tivemos um ano difícil com algumas separações, mas estamos recebendo muita ajuda de amigos e mentores espirituais e a sua tia Adelina aceitou ficar mais um tempo na Terra para apoiá-los neste momento difícil. Seu pai e eu estamos muito gratos à ajuda que ela está nos dando. Este é um momento de agradecimento não só pela ajuda recebida do alto, mas também pelo carinho com que fui tratada por vocês, principalmente nos meus últimos anos de vida no planeta. Continuarei orando por todos como fazia em vida. Tenham fé no futuro e lembrem-se do nosso lema, *Orai e Vigiai, Vigiai e Orai*. Que Deus os abençoe."

Após o agradecimento de Clara, os filhos ficaram emocionados. Aquele lema de fé e oração era sempre lembrado e repetido pela família.

Naquele instante viram Frederico e Angelino em pé, ao lado de Clara, e foram abraçá-los. Aquele estava sendo um momento especial para a família.

Conversaram sobre o passado e os momentos felizes que tiveram na Terra. Lembraram-se dos familiares e amigos do passado, das lições preciosas e da alegria por terem participado do movimento espírita da cidade.

Isso fez Frederico se lembrar dos tempos que passavam juntos na casa dos pais. Até parecia que nada tinha mudado.

Ao terminar aquela reunião familiar, todos estavam alegres, sentindo-se energizados pelo amor daquele encontro e com muita confiança no futuro.

{ CAPÍTULO 18 }

A MENSAGEM REVELADA

Durante as várias reuniões com a família, Frederico sempre se lembrava da mensagem secreta que havia recebido durante a primeira visita após sua partida. Foi uma mensagem que o surpreendeu e o deixou preocupado, pensando no trabalho que tinha realizado durante sua vida.

Frederico sempre havia sido o ponto de referência da família. Ele gostava de ajudar e fazer o máximo por todos. Isso era um prazer para ele, sua marca registrada.

Quando havia qualquer problema a ser resolvido, os familiares diziam: "Vamos perguntar para o Frederico. Ele sabe o que fazer."

E assim foi sua vida, principalmente após ter se aposentado, se ocupando com a resolução de problemas de familiares e até amigos que vinham pedir sua ajuda.

Ele também era uma pessoa religiosa e gostava de trabalhar no movimento espírita da cidade.

Na verdade, ele estava ainda mais ocupado do que antes de sua aposentadoria.

Adorava o que fazia por todos. Acompanhava os familiares ao médico, fazia trabalho de banco, ajudava na organização de algumas instituições religiosas. Enfim, o seu tempo era curto para fazer tudo o que queria.

Por isso o trabalho com os familiares estava sendo intenso. Havia muito o que transmitir para aquelas pessoas que agora teriam que prosseguir sem a sua presença física.

Frederico queria ter certeza de que se lembraria de tudo o que era importante para facilitar a vida das pessoas mais próximas.

Tanto Frederico como Clara eram pontos de união da família, por isso a dinâmica iria mudar completamente.

Cada pessoa tem sua função no grupo a que pertence e sua partida sempre gera muitas mudanças.

Frederico estava surpreso ao saber como a partida de alguém "sem importância", como ele se achava, gerava tanto trabalho e planejamento do plano espiritual.

"Filho, a nossa participação na família é muito mais importante do que pensamos. Cada um de nós é como se fosse a parte de um alicerce segurando uma construção. Quando saímos, há muito trabalho para reforçar os alicerces que ficaram para que a estrutura não desmorone", explicou Angelino.

"Papai, eu não tinha a mínima ideia de como isso funcionava. Na verdade, estou feliz em saber que fazemos tanta diferença nos grupos dos quais participamos, principalmente a nossa família. A grandiosidade deste processo é maravilhosa."

Frederico estava muito emocionado ao ver o trabalho e o cuidado dos mentores espirituais com eles, mesmo assim a sensação de que o final estava próximo o assustava um pouco. Não sabia como seria a conclusão desta situação para ele, principalmente a despedida da família.

Com a proximidade do Natal, Frederico e Angelino foram chamados para uma reunião com os mentores Dirceu e Dulce. Foram novamente recebidos na sala de reuniões do edifício Eurípedes Barsanulfo.

Lá chegando, os mentores os saudaram com a alegria e o entusiasmo de sempre.

"Sentem-se, por favor", disse Dirceu, com educação.

"O nosso trabalho está indo muito bem e estamos felizes. Clara já está de volta e os seus familiares estão preparados para continuar suas jornadas. Estamos agora nos aproximando da última visita, que já está marcada para o dia do aniversário de casamento de vocês", disse olhando para Frederico.

Dulce tomou a palavra: "No dia 6 de janeiro, nós passaremos o dia no planeta. Será uma experiência diferente das outras que tivemos. Os encarnados estarão acordados e a comunicação entre nós será apenas pelo pensamento em vez das conversas a que estamos acostumados."

Frederico ficou surpreso e perguntou aos mentores: "Mas por que não poderei conversar com a minha família no nosso último encontro? Parece que assim vai ficar faltando alguma coisa. Gostaria de dizer adeus a cada um deles."

E prosseguiu com mais perguntas: "Será que eles vão entender o que está acontecendo? Como vou poder ajudá-los dessa forma?"

"Frederico, acho que chegou a hora de falar sobre a mensagem que você recebeu naquela noite da sua primeira visita ao planeta", disse Dirceu. "Você se lembra?"

"Claro. Nunca vou me esquecer daquela mensagem", explicou Frederico. "Eu recebi muito encorajamento pela tarefa realizada e fiquei contente, mas o final da mensagem me deixou preocupado. *Você precisa dar mais espaço para os outros crescerem...* Isso ainda está ecoando na minha mente. Deu a impressão de que eu atrapalhei em vez de ajudar."

Na verdade, ele ainda não tinha conseguido digerir o significado daquela mensagem. *Por que preciso dar mais espaço para os outros crescerem? Será que é errado ajudar aqueles que amamos? Atrapalhei alguém com a minha ajuda?* Ele havia pensado muito nisso.

Dulce calmamente tomou a frente neste momento e disse: "Frederico, você já completou sua missão de contribuição e ajuda para o seu grupo. Agora você precisa dar espaço para que eles apliquem o que aprenderam. Não quer dizer que foi errado o que você fez, mas não podemos fazer tudo pelos nossos entes queridos. Eles têm que usar o aprendizado adquirido para se fortalecerem. Vocês ainda terão o Natal juntos, mas o seu trabalho está terminando."

Frederico ficou cabisbaixo. No fundo, ele sabia que aquilo era certo, mas não conseguiu conter as lágrimas. Achava difícil enfrentar mais uma separação daqueles a quem tanto amava.

{ CAPÍTULO 19 }

MAIS UMA AJUDA RECEBIDA

Ao chegar à casa dos amigos Glorinha e José, Frederico estava um pouco desanimado.

Apesar da conversa com os mentores e da explicação recebida, Frederico estava triste por pensar que mais essa etapa com a família estava terminando. Já sentia saudades de todos, como se estivessem se separando novamente.

Ao abrir a porta da frente da casa, teve uma inesperada surpresa. Sua avó paterna, Virginia, estava esperando por eles.

A vovó Virginia, como era conhecida por ele, tinha exercido uma influência muito grande em sua vida. Ela era uma pessoa falante e de personalidade forte. Tinha estatura baixa, cabelos castanhos lisos arrumados com um coque baixo, como era comum em sua época. Ela estava usando um vestido bege, até os joelhos, e abotoado na frente, com um bolso de cada lado. Frederico se lembrava de tê-la visto várias vezes usando aquele tipo de roupa, que era feita por ela mesma.

Durante a sua infância, o pai levava a família sempre para visitar a avó. Lá eles encontravam a tia Adelina e o tio Zico, que moravam com a mãe, e alguns amigos que vinham tomar o café da tarde com eles. Ficavam até tarde conversando sobre vários assuntos.

O gosto de Frederico pelas reuniões familiares vinha já do tempo de sua avó.

A emoção do reencontro foi muito grande. Ele se ajoelhou em frente à avó e beijou a sua mão como era de costume, dizendo: "Bênção, vó".

Sua avó respondeu: "Deus te abençoe Frederico", e continuou falando: "Vim especialmente para conversar com você sobre a finalização dos seus trabalhos no planeta. Sei que é uma fase difícil pela qual todos nós passamos, mas é necessário. Os nossos entes queridos precisam continuar com suas experiências para se fortalecerem, e você precisa ir para novos trabalhos. A separação não é permanente porque o nosso grupo já está junto há muito tempo. Somos unidos pelo amor."

Apesar de a avó estar apenas repetindo o que Frederico já tinha ouvido dos mentores, aquelas palavras pareciam estar tendo um efeito maior em seu coração.

Virginia continuou explicando suas experiências na época em que chegou ao plano espiritual. "Para mim também foi difícil. Ainda temos uma certa dificuldade em nos adaptar a esse tipo de mudança. Os espíritos mais adiantados fazem esta transição sem problemas, mas a maioria ainda sofre com saudades daqueles que deixaram na Terra. É normal, mas a gente se acostuma com tudo e um dia, sem você menos esperar, o seu lar vai ser aqui. Lembre-se que a pátria espiritual é o nosso verdadeiro lar."

Quanto mais pensava, mais Frederico sentia que as palavras da avó faziam sentido. Além disso, estavam sendo como um bálsamo em seu coração.

"Muito obrigado, vovó. Acho que estava precisando ouvir isso de você."

"Com certeza, meu neto", disse a avó, com carinho. "É por isso que estou aqui."

Aquela reunião com a avó, o pai e os amigos Glorinha e Zé estava fazendo muito bem para Frederico. Sentiu que realmente tudo estava acontecendo da maneira certa e no momento certo.

O seu aniversário de casamento tinha sido o último evento familiar do qual havia participado antes de sua partida. Era como se estivesse marcando o fechamento daquele ciclo. Por isso achou que tinha sido uma boa escolha para sua despedida.

Continuaram conversando por um bom tempo até que a avó se despediu, dizendo: "Frederico, lembre-se de que você não está sozinho. Estamos ao seu lado, torcendo para que tudo dê certo em mais essa etapa. Nós sempre caminhamos juntos e o amor nos dá a força que precisamos para vencer as dificuldades que surgem durante o nosso crescimento."

Frederico agradeceu à avó pela visita e pelos conselhos importantíssimos, e aos mentores, que sempre pensavam nos mínimos detalhes para nos ajudar.

{ CAPÍTULO 20 }

O NATAL

Após a visita da avó, Frederico começou a se sentir mais animado e cheio de esperança.
Estava querendo completar o trabalho junto à família e prosseguir para a colônia onde residiria.

Aquele seria o primeiro Natal sem a presença de Frederico, Clara e Aurora, que haviam desencarnado no mesmo ano, e o apoio aos encarnados era muito importante. Por isso Dulce e Dirceu chamaram pai e filho para uma reunião no sentido de formular o plano para aquela noite especial.

"Frederico, recebemos pedidos de Clara e de seus sogros, Jair e Aurora, para nos acompanhar até a Terra na noite de Natal. Eles também querem participar da ajuda à família. Nós concordamos, pois isso vai fortalecer a vibração positiva de todos", explicou Dirceu.

Dirceu tinha uma maneira especial de se expressar. Tudo o que ele dizia parecia ter uma energia positiva muito forte.

Frederico ficou exultante com a ideia de conseguirem reunir a família na noite de Natal, mesmo que fosse em duas dimensões diferentes.

"Isso será maravilhoso. Muito obrigado pela ajuda de vocês. A Lucinda e as crianças vão adorar", falou Frederico, quase se esquecendo de que não mais fazia parte da mesma dimensão que a esposa e os filhos. Completou, um pouco cabisbaixo: "Pelo menos eu acho que eles vão adorar."

"Filho, de alguma forma eles vão sentir a vibração da casa cheia do amor dos familiares e das lembranças alegres do passado. Com certeza vai ser maravilhoso", disse Angelino ao filho.

A reunião com os guias terminou após o planejamento dos eventos da noite de Natal.

No dia 24 de dezembro, aquele grupo partiu com seus guias espirituais em direção à casa de Frederico.

Agora a viagem à Terra não era mais desconhecida para Frederico e ele sabia exatamente o que fazer para atravessar o portal que os levaria até a sua antiga residência.

Chegaram quando todos já estavam presentes.

Frederico viu pela primeira vez como era a vibração do Natal em sua casa.

"Só de pensar em Jesus e nas pessoas que amamos, os nossos pensamentos já mudam para uma frequência bem mais elevada", comentou Dulce ao ver o rosto surpreso de Frederico.

"Eu sempre adorei o Natal, mas nunca imaginei que fizesse tanta diferença na vibração do nosso lar. Isso me deixa ainda mais feliz por todas as festas que tivemos aqui", disse Frederico, com um sorriso no rosto.

Continuou andando pela casa, vendo as pessoas sorridentes apesar de tudo o que havia acontecido.

Seus sogros se dirigiram até a cozinha, onde Lucinda conversava com os irmãos. Eles ficaram felizes em ver a família unida. Abraçaram os filhos com carinho e depois foram ver seus netos.

Enquanto isso, Frederico percebeu Adelina sentada numa poltrona entre suas filhas Liane e Débora, conversando alegremente.

Naquele ano, Adelina, a irmã de Angelino, era a única pessoa ainda presente de sua geração. Ela era sempre agradecida por tudo o que recebia da família.

Os filhos, netos e até bisnetos de Angelino a tratavam com muito carinho.

Ela gostava de contar histórias do passado e de como eram os natais no seu tempo de moça. Nesta noite ela estava falando de como tudo era simples, mas cheio de alegria. Os moços faziam serenatas pela cidade e iam de casa em casa tocando violão e cantando lindas canções. As famílias serviam café com biscoito em vez das ceias de Natal que fazem parte do costume atual.

Ela continuou dizendo: "Eu espero sempre poder participar dos natais com vocês, mesmo que seja como anjo da guarda."

Aquela simples declaração teve um grande impacto vibracional. Frederico viu uma forte luz sair do coração de sua tia.

A tia Adelina amava e era amada por todos e o seu papel era importante naquele grupo. Mesmo não sabendo, ela havia concordado em permanecer no planeta para apoiar os sobrinhos após as partidas de Frederico e Clara. Havia uma grande afinidade entre eles.

Apesar de ela achar que estava apenas sendo ajudada pela família, ela também estava ajudando a todos com sua presença.

Frederico viu seus pais se aproximarem de Adelina. Enquanto Angelino depositava um beijo no rosto da irmã, Clara murmurou em seu ouvido, com lágrimas de gratidão: "Muito obrigada, Adelina."

As crianças também tiveram um papel importante naquele ano, trazendo esperança e alegria para os adultos.

Para Frederico, a vibração das crianças era notável. Conseguia enxergar o quanto suas presenças mudavam o ambiente.

A alegria era contagiante, e, mesmo depois de tudo o que tinham passado naquele ano, para as crianças tudo estava normal e o Natal era sempre especial.

Além disso, os netos de Frederico tinham certeza de que ele estava num lugar bom, como havia sido explicado para eles. Os netos amavam muito o avô alegre e animado que tiveram e guardavam ótimas lembranças de seu tempo juntos.

Aquele sentimento chegou até ele e o deixou muito contente.

Todos os natais eram marcados pela prece costumeira que Frederico fazia um pouco antes da meia-noite para agradecer por todas as bênçãos recebidas. A família estava ansiosa esperando a reação de Lucinda no momento da oração. Achavam que ela não teria coragem de substituir o marido naquela tarefa.

Na hora da prece costumeira, Lucinda tomou a frente e, inspirada pelo marido, fez uma prece de agradecimento ao plano espiritual por todas as bênçãos recebidas naquele ano de grande aprendizado para todos. Aquela prece elevou a vibração do ambiente ainda mais.

"Senhor Jesus, em mais este ano queremos agradecer a sua vinda à Terra para nos ensinar o caminho da felicidade e do progresso. Também agradecemos toda a ajuda que tivemos neste ano, que está quase terminando. Apesar de ter sido um ano de separações, recebemos muitas bênçãos, e a proteção de Deus foi constante. Somos gratos por todos aqueles que nos apoiaram e nos apoiam, até aqueles cuja ajuda não nos foi revelada. Estaremos sempre unidos pelo amor. Que assim seja."

À meia-noite, os abraços dos familiares desejando "Feliz Natal" tiveram um significado maior. Quem conseguisse ver o ambiente espiritual da casa, iria notar um brilho intenso saindo dos corações dos presentes.

"É o poder do amor", falou Dirceu a Frederico, que olhava aquilo com lágrimas nos olhos.

Após aquele momento mágico, Dirceu e Dulce convidaram o grupo a acompanhá-los de volta ao posto avançado.

Frederico olhou sua família com uma certa nostalgia, pensando que seria a última vez que veria todos reunidos naquele local.

Lembrou-se dos natais maravilhosos que haviam comemorado naquela casa. Toda a família vinha participar. Parecia que aquilo seria eterno.

Ao ver o ambiente espiritual de sua casa naquela noite, sentiu-se transportado ao passado. Sentiu uma gratidão imensa por ter a oportunidade de comemorar aquele Natal com a família.

Agradeceu a presença de todos e a ajuda recebida dos mentores que os acompanharam. A parte espiritual daquela reunião estava encerrada e eles partiram de volta ao posto avançado.

Ao despedir-se do grupo que os acompanhou, Frederico sentia-se feliz. Notou o quanto a gratidão fazia bem ao seu coração.

{ CAPÍTULO 21 }

A COMEMORAÇÃO NO POSTO 5

Aquela tinha sido uma experiência de muita emoção, principalmente para os recém-desencarnados que estavam passando o primeiro Natal numa situação tão diferente. Eles tiveram a oportunidade de ver como os pensamentos afetavam o ambiente, até mesmo daquela comemoração tão importante para o mundo material.

Voltaram ao posto avançado ainda a tempo de se reunirem com os trabalhadores e amigos para fazer suas preces e agradecimentos a Jesus.

Ao chegarem ao posto, Frederico teve uma grande surpresa. A comemoração de Natal da qual ele tinha apenas ouvido falar estava diante de seus olhos.

A praça estava mais iluminada do que de costume e as pessoas ainda mais alegres.

Um coral cantando músicas natalinas chamou sua atenção. Os cantores estavam vestidos com túnicas brancas e envolvidos em uma leve luz dourada. A vibração produzida por aquela música celeste trazia um sentimento de paz ao seu coração.

Frederico não se lembrava de ter sentido uma vibração tão elevada.

"Papai, o Natal é sempre comemorado assim no plano espiritual?", perguntou Frederico, curioso.

"Filho, a vinda de Jesus à Terra foi o maior testemunho de amor que nós já recebemos. Ele fez questão de vir pessoalmente para nos mostrar o caminho. Os seus ensinamentos fizeram uma diferença enorme para o nosso progresso e estão dando cada vez mais frutos. É claro que comemoramos com amor e gratidão o que Ele fez por nós. Além disso, nesta época do ano muitas almas são resgatadas simplesmente porque o ambiente vibratório da Terra fica mais elevado."

Frederico ficou feliz em saber da importância daquela época, da qual tinha tantas boas lembranças na sua última etapa na Terra.

"Ainda teremos a apresentação do coral das crianças e depois a prece natalina feita pelo ministro da Colônia Novo Amanhecer. Nós o conhecemos por Bernardo. Ele é a autoridade máxima da nossa colônia e um espírito muito evoluído", explicou Angelino ao filho.

"Nossa. Que maravilha. As comemorações daqui me lembram um pouco as da Terra, só que totalmente focadas em Jesus. Se nós soubéssemos o bem que isso nos traz, acho que mudaríamos um pouco o nosso modo de agir no planeta", comentou Frederico.

"Verdade, filho. Poucas pessoas se lembram de fazer uma prece de Natal ou até de agradecer tantas bênçãos que recebem diariamente. O valor da prece ainda não é totalmente compreendido no mundo", disse Angelino.

Naquele momento, Frederico viu Glorinha e Zé caminhando em sua direção.

"Que bom vê-los aqui", disse Glorinha. "Não tínhamos certeza se vocês chegariam a tempo da Prece de Natal."

"Os nossos mentores organizaram tudo de maneira muito precisa para que nós estivéssemos aqui neste momento", explicou Angelino.

"Que bom", disse Zé. "A prece de Natal é muito importante e nos dá força para continuar com nossas caminhadas. Nos ajuda nas tarefas mais difíceis."

Naquele momento, o coral infantil estava se preparando para sua apresentação.

Frederico notou com emoção que o filho Robertinho era a pessoa dirigindo as crianças até o local.

Aquela apresentação foi muito especial. A energia infantil encheu o ambiente com vibrações de alegria, entusiasmo e amor.

Aquilo o fez relembrar dos netos queridos e por isso não conseguiu segurar as lágrimas. Sentiu-se um pouco acanhado, mas logo percebeu que não era o único a se emocionar com a apresentação das crianças.

"Não se preocupe, filho. A emoção aqui é muito mais intensa do que estamos acostumados", explicou Angelino.

Após aquela apresentação, havia chegado o momento da prece feita pelo ministro Bernardo.

As luzes da praça começaram a mudar para um tom mais intenso e todos os presentes sentiram que estava na hora da prece de Natal.

De repente, uma tela apareceu no meio da praça e começou a se acender, mostrando o início da transmissão.

"Esta é a tela usada para a transmissão da prece do nosso ministro. Todos nós aqui presentes teremos a mesma imagem, como se ele estivesse falando de frente para nós", explicou Angelino ao filho.

Frederico viu um homem aparentando uns trinta e poucos anos e usando uma túnica azul-turquesa aparecer na tela. Uma luz suave emanava daquela transmissão, levando uma sensação de paz a todos os presentes.

"Queridos irmãos", começou o Ministro Bernardo, "agradeço a presença de todos nesta data tão importante. Hoje estamos novamente comemorando o maior testemunho de amor já recebido por nós. A vinda de Jesus à Terra mostrou o quanto Ele nos ama e o quanto Ele acredita em nosso futuro. Os ensinamentos aqui deixados tinham, desde aquela época, toda a explicação necessária para o nosso progresso e felicidade. Apesar de ainda estarmos aprendendo a decifrar as passagens da Bíblia para entender o significado de cada lição, a lição maior é e sempre foi o amor. Agradecemos a Jesus por sua vinda à Terra, por seus ensinamentos, e até mesmo por ter intercedido por nós junto a Deus nos seus últimos momentos. Temos eterna gratidão. Que assim seja."

O ministro terminou a prece com mais um agradecimento a todos e se despediu com um sorriso.

A transmissão foi finalizada e, como que por encanto, a tela tornou-se transparente até desaparecer.

As pessoas, contagiadas por aquela vibração de amor, começaram a se abraçar, desejando um "Feliz Natal" a cada um dos presentes.

Frederico ficou muito emocionado com aquela primeira experiência do Natal na espiritualidade. Realmente a vibração gerada pela prece natalina era muito elevada.

Lembrou-se das preces que fez no seio familiar. Às vezes questionava se deveria continuar, pois sentia que estava impondo algo no qual nem todos acreditavam.

Aquela experiência foi uma prova de que ele havia feito a escolha certa.

{ CAPÍTULO 22 }

ENCONTROS E DESPEDIDAS

Após as comemorações de Natal, Frederico e Angelino encontraram-se novamente com Dulce e Dirceu para acertarem a última visita à família. Eles queriam aproveitar a vibração positiva que ainda estavam sentindo para fazer as melhores escolhas para o futuro de seu grupo.

Naquele dia as coisas foram um pouco diferentes do que de costume.

Após a prece inicial que faziam em todas as reuniões, Dirceu tomou a palavra e explicou: "Frederico, após a despedida da família você terminará o seu período de recuperação aqui em nosso posto. Fizemos o que havia sido planejado para ajudá-los a se adaptar à nova situação e agora sabemos que estão preparados para continuar suas jornadas. Sua família terá um período de descanso antes de novas etapas de aprendizado, mas temos confiança de que todos estão prontos para esta caminhada."

Frederico estava esperando por este dia, em que precisaria se distanciar um pouco mais de seus entes queridos. Dessa vez ele estava mais fortalecido e disse aos mentores: "Agradeço de todo o coração o trabalho feito para ajudar o nosso grupo. Sei que está na hora de partir para a colônia. Só gostaria de saber se terei tempo de me despedir dos novos amigos que fiz por aqui."

"Claro", respondeu Dulce. "Apesar de saber que não vamos nos separar de verdade, as mudanças das situações a que estamos acostumados são sempre difíceis no começo. Depois, tudo se torna normal para nós."

Dirceu continuou: "Após a sua visita à família, vocês partirão para Novo Amanhecer e nós continuaremos o nosso trabalho com outros recém-chegados. Essa é a nossa última reunião."

"Nossa! Como o tempo passou rápido. Vou sentir muitas saudades de todos os meus novos amigos, principalmente de vocês. Estou tão acostumado com a nossa convivência", disse Frederico, preocupado.

"A nossa visita à Terra será no dia do seu aniversário de casamento, portanto você terá tempo suficiente para se despedir de seus novos amigos. É claro que nós também sentiremos sua falta. Você tem sido um bom amigo e tem ajudado bastante com os trabalhos do nosso posto. Vamos sempre nos lembrar de você com carinho. Lembre-se de que estamos unidos pelo pensamento e pelo amor. Todos os amigos que você fez aqui continuarão sempre em seu coração e vice-versa", explicou Dulce ao ver a inquietação de Frederico.

Angelino colocou a mão no braço do filho e disse: "Tudo vai dar certo, meu filho."

Frederico se sentia um pouco assoberbado com todas as mudanças que estavam ocorrendo em sua vida, mas a certeza dada pelo pai o deixou confiante de que tudo ficaria bem.

Após a reunião na qual foram acertados todos os detalhes da última visita, Frederico e Angelino voltaram à casa de Glorinha e Zé e se prepararam para a última jornada.

Lá eles informaram aos amigos que aquela etapa estava terminando e agradeceram a hospitalidade recebida.

Glorinha explicou: "O nosso filho Tonho vai retornar em poucos dias. Apesar de os médicos terem feito o possível por ele, sua volta está marcada para breve. Ele vai chegar aqui no final da semana. Vocês ainda estarão conosco e poderão conhecê-lo. Ficaremos com ele por uns tempos aqui no posto e depois voltaremos para a colônia."

"Que bom", disse Frederico, com alegria. "Vou gostar de conhecê-lo."

Então pensou: *Nossa! Estamos felizes pela chegada iminente de alguém que está para deixar sua família cheia de saudades, logo após o Natal. Realmente são dois lados de uma mesma viagem, com encontros para uns e despedidas para outros.*

"Estou contente que o Tonho esteja a caminho, mas ainda sinto uma certa tristeza por aqueles que vão perder um ente querido. E pelo Tonho também, pois vai se separar daqueles que ama. Essa transição não é fácil", Frederico disse aos amigos.

"Sei o que você está sentindo, filho", disse Angelino. "Todos nós aqui presentes já passamos por isso, mas para você os sentimentos ainda são recentes."

"Verdade. Nós sabemos muito bem como é esta viagem para nós e para os encarnados, por isso estamos trabalhando para amenizar o sofrimento do nosso filho e da nossa família no planeta. Os mentores em Novo Amanhecer nos ajudam a ver a situação de vários ângulos para que ninguém sofra sem necessidade", Glorinha explicou.

Frederico ficou aliviado com a explicação da amiga. Até aquele momento ele estava vendo apenas um lado da situação, mas a conversa mostrou mais uma vez que todos nós somos importantes aos olhos de Deus.

Ficou feliz pensando que receberia mais um amigo no plano espiritual e que esses amigos estariam voltando para a colônia em breve. Gostava da ideia de ter vários conhecidos na nova moradia.

Pensou no filho Robertinho, que tinha acabado de conhecer no posto avançado. Perguntou a Angelino: "Papai, e o Robertinho? Como ficará o nosso relacionamento?"

"Assim como o amor os uniu neste lugar, também vai mantê-los unidos. Lembre-se das palavras de Dulce sobre separações temporárias", o pai explicou.

Após a conversa com o pai, Frederico encheu-se de esperança, pensando que a mesma providência divina os manteria unidos para sempre.

{ CAPÍTULO 23 }

A CHEGADA DE TONHO

Apesar de Frederico ter recebido sua mãe recentemente, não havia participado da chegada de mais ninguém no posto avançado 5.

Estava curioso para saber como Tonho seria recebido, além de querer retribuir a ajuda daqueles amigos.

Sua chegada seria logo após a entrada do novo ano.

Glorinha e Zé estavam trabalhando bastante junto aos mentores para organizar o encontro com o filho no plano terreno e o transporte até o posto. Também estavam fazendo visitas diárias à família para ajudar aqueles que em breve perderiam um ente querido.

Angelino e Frederico ainda estavam auxiliando nos trabalhos da colônia, pois além de ajudar espíritos que precisavam de conforto, sentiam que se beneficiavam com as energias positivas do local.

Frederico estava sempre pensando no porquê as coisas aconteciam de certa maneira, e vendo de um ângulo diferente, filosofava com o pai tentando entender tudo. Não queria ter ressentimento, mas, por causa da situação que estava passando, ainda estava sensível pela separação.

"Papai, no estágio em que estamos, as separações ainda são muito dolorosas. Numa conversa com a Glorinha, fiquei sabendo que o Tonho ainda não tem sessenta anos. Certamente deve estar sendo um baque para a família."

"Verdade, filho. Quando estamos encarnados não entendemos completamente por que as coisas acontecem de certas maneiras. Mas, quando chegamos aqui, as nossas lembranças do passado e o entendimento melhor das leis do Universo acabam por esclarecer os motivos. Nada acontece por acaso", comentou Angelino.

"Verdade. Ainda somos semelhantes a crianças que não entendem o porquê dos remédios amargos que precisam tomar e pensam que estão sendo punidos. Às vezes o tratamento que nos levará à cura é doloroso, mas necessário", disse Frederico.

"Além do mais, voltamos à Terra com uma missão de trabalho e aprendizado que um dia termina. Aqui é a nossa moradia verdadeira", completou Angelino.

Frederico adorava as conversas com o pai, com quem sempre aprendia bastante.

Ao voltarem para casa após os trabalhos daquele dia, encontraram Glorinha e José, que estavam resolvendo os últimos detalhes para receber o filho querido.

"Vamos buscar o Tonho amanhã", disse Glorinha, com um sorriso. "Sei que vai ser difícil para a nossa família, mas estou contente em poder trazê-lo para cá. Nem todas as pessoas que deixam o planeta conseguem voltar para o plano espiritual e serem recebidos por familiares e amigos. Sou muito grata pela nossa situação."

"Realmente", disse Frederico concordando com a amiga. "Acho que a religião ou a crença em algo maior nos ajuda muito nessa transição."

"Sem dúvida", completou Glorinha.

Zé sugeriu que fizessem uma prece juntos, pedindo ajuda para que tudo corresse bem na transição do filho. Glorinha trouxe uma jarra com água e eles elevaram seus pensamentos a Deus orando juntos pelo sucesso daquela missão. Após a prece, tomaram a água confortadora que os encheu de energia e esperança.

No dia seguinte, Glorinha e Zé partiram cedo para o planeta em busca do filho querido.

Quando Frederico e Angelino chegaram do trabalho, Tonho já estava em casa.

O casal estava feliz com realização daquela tarefa pela qual haviam trabalhado com tanta dedicação.

"Tonho já está conosco", explicou Glorinha. "Está no quarto dos fundos que fica junto do nosso. No momento está dormindo, mas já recebeu passes magnéticos dos nossos mentores e quando acordar estaremos ao seu lado para explicar sua nova situação."

"Ficamos contentes", disse Angelino. "Quando for possível, gostaríamos de vê-lo também."

"Com certeza", disse Frederico. "Como cheguei aqui há pouco tempo, acho que poderei ajudar."

"Toda ajuda é bem-vinda", disse José, agradecido.

Glorinha concordou, acenando com a cabeça.

Angelino e Frederico agradeceram a oportunidade de retribuir pelo menos um pouco da ajuda recebida e partiram em direção à praça para a oração do crepúsculo.

{ CAPÍTULO 24 }

BREVE CONVERSA COM O NOVO AMIGO

Frederico e Angelino participavam da oração do crepúsculo todos os dias. Isso os ajudava com a renovação da energia de que precisavam para os trabalhos diários.

Frederico estava entendendo melhor como a alimentação no plano espiritual funcionava. Era baseada na energia do amor. Agora não precisava mais de alimento como quando da sua chegada. Sentia-se alimentado pela energia positiva do local, pelo trabalho e pelas orações.

Continuaram visitando Clara, que também se preparava para ir à colônia com eles. Ela estava mais acostumada com sua nova fase, e sua fé e determinação ajudavam na rápida recuperação.

Alguns dias haviam se passado desde a chegada de Tonho, mas ele ainda continuava adormecido. Ele enfrentou sua doença por um longo tempo e precisava do sono para se recuperar. Frederico pensou que não fossem ter tempo de conversar com o novo amigo, mas na véspera de sua partida do posto avançado 5, Tonho despertou.

"Pai? Mãe?", perguntou Tonho aos pais ao vê-los ao seu lado. "São vocês mesmo ou estou sonhando?"

"Bom dia, Tonho", disse Glorinha, com os olhos marejados de lágrimas.

"Bom dia, filho", disse Zé, emocionado.

"Isso é real?", continuou Tonho, esperando uma confirmação dos pais.

"É sim, filho. Você agora está no plano espiritual. Sei que é difícil entender no começo, mas agora você está conosco", disse Zé, também com lágrimas nos olhos.

"Mas por quê?", perguntou aos pais, com tristeza. "Não acho que estou pronto para a morte. Tenho tanto para viver. Eu amo a minha família. Não quero deixá-los ainda."

Naquele momento Tonho foi abraçado pelos pais e começou a chorar copiosamente. Ficaram assim por um bom tempo até ele se acalmar.

Apesar de ter tido educação religiosa quando em vida, estava sendo difícil para ele aceitar a nova situação.

"Tonho", disse Glorinha docemente, "estamos tendo a visita do Lino e do seu filho, Frederico. O Frederico também chegou há pouco tempo e gostaria muito de conversar com você. Não sei se você se lembra do Lino, mas ele é irmão da minha grande amiga, Adelina. Ela me ajudou muito quando vocês eram pequenos e contou muitas histórias para vocês dormirem."

Após aquele comentário da mãe, Tonho mudou a direção dos seus pensamentos. Lembrou-se da infância na casa dos pais ao lado dos irmãos e a simpática figura da tia Adelina, como a conheciam, contando histórias maravilhosas. Ele e seus irmãos adoravam e sempre pediam mais, até que Adelina dissesse que estava na hora de fechar os olhos.

"Claro que eu gostaria de conversar com eles. Tenho boas lembranças daquela família", disse Tonho, com um pouco de entusiasmo.

Aproveitando a mudança da disposição do filho, Glorinha saiu do quarto e voltou trazendo os dois amigos.

"Seja bem-vindo, Tonho", disse Angelino.

"Muito prazer, Tonho", disse Frederico ao novo amigo.

"Obrigado, seu Lino. Obrigado, Frederico. Prazer em conhecê-lo também."

Após as lembranças do passado, Glorinha sugeriu que deixassem Frederico e Tonho conversarem um pouco sobre suas experiências. Achava que seria bom na adaptação do filho à nova vida.

Quando sozinhos, Frederico perguntou a Tonho como tinha sido sua experiência antes de retornar ao plano espiritual. Os dois conversaram por um bom tempo, trocando ideias sobre esta nova situação.

Frederico quis passar seu aprendizado ao amigo da maneira mais positiva possível. Explicou como foram seus primeiros momentos no plano espiritual, o choque ao saber que não estava mais na Terra, as saudades da família e, finalmente, a gratidão por ter sido bem recebido por seu pai, pelos mentores e amigos que o ajudaram tanto.

"Tonho, a gratidão tem sido a minha melhor amiga nesta nova vida. Todas as vezes que vacilei, esse sentimento me fez perceber as dádivas que estava recebendo. Preste atenção. Vale a pena", disse Frederico para animar o recém-chegado.

Ao final daquela conversa informal, os dois já se sentiam à vontade um com o outro, como se tivessem sido amigos a vida toda.

Angelino veio chamar o filho para a prece do crepúsculo e eles se despediram de Tonho.

Ao sair do quarto, Frederico recebeu um abraço da Glorinha que, sem dizer nada, o agradeceu pela ajuda a seu filho.

{ CAPÍTULO 25 }

O SEGREDO DO PORTAL

No dia seguinte, Frederico despertou razoavelmente pronto para a despedida do posto avançado 5 e dos novos amigos. Ainda tinha dificuldade com tantas mudanças. Apesar de saber que essas despedidas eram temporárias, a sensação de tristeza ainda o abatia.

Aquele era o dia do seu aniversário de casamento com Lucinda e ele estava relembrando a jornada de 44 anos como se tivesse passado em apenas alguns minutos.

E assim partiu para a última visita à Terra, acompanhado pelo pai e pelos mentores.

Angelino já havia passado por essa experiência, por isso tinha confiança em rever os amigos em breve.

Frederico também confiava na providência divina, mas ainda sentia uma certa insegurança. Apesar disso, seguiu em frente pensando no bem do grupo ao qual pertencia.

Chegaram à casa das irmãs Cora, Alda e Rute, que os receberam com a alegria de sempre.

Explicaram que era sua última visita antes de se mudarem para a colônia e elas foram muito solidárias. "Entendemos o que você está passando, Frederico", explicou Cora. "Já passamos por isso e muitos amigos também. Nunca é fácil quando é conosco, mas sabemos que não há separação quando há amor."

"Verdade!", Alda e Rute concordaram.

Naquele momento, Rute colocou a mão direita no ombro de Frederico e disse, sorrindo: "Temos um segredo para contar antes que vocês prossigam."

Frederico olhou para ela com curiosidade.

"No quintal da sua primeira casa também havia um portal para esse local."

"Nós brincamos muito com seus filhos quando eram crianças", disse Alda, com uma risadinha.

Frederico ficou atônito. Então se lembrou de como a clareira do portal se parecia com o quintal de sua primeira casa após seu casamento com Lucinda.

"Mas por quê?", perguntou, curioso.

Cora explicou: "Nós recebemos uma sobrinha querida que havia partido da Terra com apenas sete anos. Ela era muito bonita e tinha um pescoço esguio e elegante, por conta disso a apelidamos carinhosamente de Colofina. Seus pais ainda estavam encarnados e não podiam dar a atenção que ela precisava naquele momento. Como ela estava se preparando para uma missão de grande importância em sua encarnação seguinte, aceitamos recebê-la aqui para ajudá-la. Tudo corria bem, mas notamos que ela sentia falta de crianças da sua idade, por isso escaneamos a região para ver se conseguiríamos encontrar a companhia ideal para ela. Encontramos uma família espírita que tinha quatro filhos pequenos. Era a sua família. Suas duas filhas mais velhas tinham o perfil ideal, por isso pedimos a você e à Lucinda permissão para abrir um portal no seu quintal para que a nossa sobrinha pudesse ter a companhia infantil. Vocês aceitaram o nosso pedido. A Colofina teve a experiência do crescimento brincando com seus filhos entre as árvores e vivendo grandes aventuras infantis até estar pronta para a nova fase do seu desenvolvimento espiritual. Vocês também estavam se preparando para mudar de casa, então fechamos o portal."

Rute completou: "Aproveitamos aquele tempo para ser uma espécie de anjos da guarda para seus filhos. E agora nos encontramos novamente. Como você vê, até as pedras se encontram."

Cora disse, sorrindo: "Estamos tendo a oportunidade de agradecer você e sua família pelo que fizeram por nossa sobrinha e pelo nosso grupo. Quando soubemos que a sua volta estava próxima, pedimos aos mentores da colônia Novo Amanhecer para que você pudesse passar um último Natal especial com toda a família. O pedido não foi só nosso, mas de todo o nosso grupo, incluindo Colofina. Esse foi o nosso presente a vocês. Estamos todos ligados de maneiras que ainda não conseguimos entender completamente."

Frederico emocionou-se com a revelação das amigas. Nunca poderia imaginar que receberia uma dádiva tão grande por algo que nem sabia ter feito. Abraçou as irmãs, agradecido.

Lembrou-se da amiguinha imaginária das filhas Liane e Débora. Elas sempre falavam das aventuras que viviam juntas e as travessuras de Colofina. Esse era um nome que nunca tinham ouvido, por isso ele e a esposa achavam que tinha sido invenção das filhas.

"Nós nunca acreditamos quando as crianças falam sobre seus amiguinhos imaginários, mas eles existem de verdade. Que maravilha!", comentou Frederico, entusiasmado.

Depois agradeceu mais uma vez a revelação da amizade entre eles e partiu para o portal, cheio de confiança no futuro.

{ CAPÍTULO 26 }
A ÚLTIMA CANÇÃO

Chegaram bem cedo à casa da família. A esposa e as filhas ainda estavam se levantando.

Prosseguiu até o seu quarto. Aquele lugar ainda estava cheio de emoções fortes. Foi onde ele havia fechado os olhos para a vida material.

Começou a ouvir uma canção: "Já está chegando a hora de ir..." Era como se aquele momento estivesse se repetindo. Viu-se sentado na cama ouvindo a esposa ao seu lado ler a lição da noite. Lembrou-se de como se sentia calmo e grato pela vida.

Aquela lembrança ainda era difícil para ele.

Imediatamente mudou a sintonia para um sentimento de gratidão e saiu do quarto à procura das filhas.

Contudo, continuou ouvindo a canção daquela noite: "Já está chegando a hora de ir..."

Aproximou-se de sua filha Débora e lhe deu um abraço. De repente, notou que a filha começou a cantarolar a mesma canção daquela noite.

Ela não lembrava o nome da canção, mas continuou cantando repetidamente. "Já está chegando a hora de ir..."

Débora procurou as irmãs Liane e Elisa e perguntou se elas sabiam o nome. Como a resposta foi "não", foram em busca da mãe, mas nenhuma delas conseguia se lembrar.

Após muito debate, conseguiram se lembrar que ela se chamava "Despedida", de Roberto Carlos.

"Será que tem algum significado?", perguntou Débora às irmãs. Será que o pai está nos mandando uma mensagem?"

"Já está chegando a hora de ir..."

"Ouvi falar que, após a morte, os espíritos ficam perto da família por um certo tempo para apoio emocional, e depois eles prosseguem para o local onde vão viver. Talvez seja isso que ele quer nos dizer", Liane disse.

Lucinda se emocionou com esse comentário e logo disse: "Não quero que o seu pai vá embora agora. É muito cedo."

"Mãe, não sabemos se isso está acontecendo. Mesmo assim, vamos pensar que devemos aceitar o que é melhor para aqueles que amamos", disse Liane para consolar a mãe.

A esposa de Frederico sentiu-se um pouco mais calma com a resposta da filha, mas achava que não estava preparada para mais uma separação. Mesmo que ela apenas estivesse imaginando.

Aquele dia era especial para todos eles.

A família tinha preparado uma pequena festa para comemorar o aniversário de casamento de Frederico e Lucinda.

As filhas haviam feito um álbum de fotos mostrando sua história: a última foto era dele com Lucinda no portão da frente da casa. Aquilo simbolizava o casal unido, protegendo sua família.

Liane e os filhos já estavam na casa dos pais com Elisa, Débora e o marido, e Luiz Felipe viria à noite com a esposa e os dois filhos para que todos pudessem comemorar juntos.

Aquele dia estava cheio de lembranças para Frederico.

Angelino e os mentores estavam ajudando a manter as vibrações positivas da casa, por isso tudo estava indo muito bem.

Até a conversa entre as pessoas naquele dia estava num nível vibracional mais elevado por inspiração dos mentores, para que o ambiente ficasse propício para a despedida de Frederico.

A noite chegou e, com ela, a hora da festa.

A reunião seria apenas para Lucinda com os filhos e suas famílias.

Todos estavam presentes à mesa da sala de jantar.

Lucinda havia feito um bolo de nozes, que era o favorito de Frederico.

Ele se emocionou com o carinho da esposa.

Viu a mesa preparada para a família e lembrou-se das reuniões que tiveram naquele lugar. Tantas lembranças maravilhosas. Ouvia as vozes do passado ecoando no ambiente como se o passado estivesse se repetindo.

Lucinda comentou: "Aquele tempo era tão mais simples. Nós fomos entregar os nossos convites de casamento de bicicleta."

"Verdade, vó? Parece tão estranho", perguntou o neto mais velho, Enzo.

"Verdade, sim", explicou a avó sorrindo. "Acho que por isso todos compareceram ao nosso casamento. Os convites foram verdadeiramente entregues em mãos."

Depois, relembrou os detalhes do dia de seu casamento, como faziam todos os anos naquela data.

Por alguns instantes, Frederico sentiu como se nada houvesse mudado. Reviveu as lembranças narradas pela esposa como se estivessem acontecendo novamente. Foi um momento especial.

Tudo estava correndo de forma perfeita.

Após a refeição, a família foi até a sala para ver o álbum de fotografias preparado por Débora e Elisa. Conversaram sobre o dia, a canção de que se lembraram, e dos acontecimentos do passado.

Débora colocou a música "Despedida" no aparelho de som para explicar para Luiz Felipe o que havia acontecido naquela manhã.

Os netos Enzo, Afonso, Olivia e Fernando traziam grande positividade para a reunião com alegria e entusiasmo.

Todos estavam conversando animadamente apesar das saudades deixadas pela partida súbita do marido, pai, avô e amigo.

Frederico sentiu que aquela era a hora de se despedir de todos.

Olhou para aquelas pessoas ali reunidas e sentiu-se feliz por tudo o que havia conseguido.

Sua família estava pronta para prosseguir sem sua presença física e ele achava que isso era uma grande conquista.

Apoiado pelo pai e pelos mentores, faz uma prece de agradecimento a Deus por sua família, sua vida e por todas as bênçãos que estavam recebendo.

E ao som da música "Despedida", Frederico se aproximou da esposa e sussurrou em seu ouvido: "Lucinda, não sei se você se lembra, mas esta foi a última canção que ouvimos juntos naquela noite. Ela sempre vai me lembrar de você e da nossa linda família. Agora eu tenho que ir, mas onde quer que eu esteja, vou estar sempre com vocês."

E olhando sua família reunida na sala da casa onde tinham sido felizes por tantos anos, jogou um beijo de despedida a todos e partiu acompanhado pelos amigos espirituais.

EPÍLOGO

Vinte anos se passaram desde as aventuras vividas por Frederico no seu retorno ao plano espiritual. Agora ele é um espírito experiente na colônia onde reside.

Durante esse tempo, participou de várias missões de resgate e ajuda a recém-desencarnados, e recebeu com carinho familiares e amigos que voltaram da Terra após sua partida.

As lembranças de outras encarnações ajudaram a explicar muitos acontecimentos vividos por ele e seu grupo. Além disso, entendeu o porquê da mensagem recebida na ocasião da sua primeira visita à Terra: "Você precisa dar espaço para os outros crescerem."

Agora sabia o valor daquele ensinamento.

Atualmente, ele auxilia um grupo de trabalho na área da educação ao lado dos pais, mas seu trabalho principal é na biblioteca da colônia, onde ele pode se dedicar às suas duas paixões: a língua esperanto e a Doutrina Espírita.

Seus sogros Jair e Aurora trabalham na área da saúde da colônia, onde se dedicam principalmente à saúde infantil.

Sua tia Adelina retornou à pátria espiritual uns anos depois de Frederico e, devido ao seu gosto pela arte de contar histórias, se tornou uma jornalista espiritual, mandando informações importantes para os encarnados.

Colofina já está de volta ao planeta para realizar a missão para a qual se preparou. Seu local de nascimento não foi revelado devido à importância de sua tarefa.

As irmãs Cora, Alda e Rute já realizaram sua missão de resgate aos entes queridos e estão se dedicando a outros trabalhos na espiritualidade. O portal agora é administrado por outro grupo espiritual.

Frederico e o filho Robertinho tornaram-se grandes amigos e já colaboraram em várias tarefas. Robertinho e Inês estão se preparando para retornar à Terra e continuar sua jornada de progresso.

Frederico mantém contato com os amigos do posto avançado 5, ajudando sempre que possível. Aprendeu que as despedidas são realmente temporárias.

Seus familiares na Terra continuam com as lutas e aprendizados da vida, sempre se lembrando daquela pessoa alegre, que adorava festas, a união familiar e estava sempre disposta a ajudar. Espiritualmente, já caminham juntos há muito tempo, por isso a distância não os separou.

Frederico também tem ajudado no planejamento de reencarnação da nova geração da família, no desejo de auxiliar no progresso de seu grupo.

A última canção daquela noite não foi por acaso.

Ficou sabendo por seus mentores que a escolha tinha sido feita por ele mesmo para o fechamento daquela etapa com a pessoa que tanto amava.

... O meu coração aqui vou deixar
Não ligue se acaso eu chorar
Mas agora, adeus

A ligação de amor entre eles continua mesmo à distância, na certeza de que um dia estarão juntos novamente.

FIM

FONTE Adobe Garamond Pro
PAPEL Pólen Natural 80 g/m²
IMPRESSÃO Paym